QUE SAIS-JE ?

Jésus

CHARLES PERROT
Professeur honoraire de l'Institut catholique de Paris

Quatrième édition mise à jour
26e mille

DU MÊME AUTEUR

La lecture de la Bible. Les anciennes lectures palestiniennes du shabbat et des fêtes, Hildesheim, Gerstenberg, 1973.

Pseudo-Philon. Les Antiquités bibliques, I-11, en collaboration avec D. J. Harrington, J. Cazeaux et P.-M. Bogaert, Paris, 1976.

Jésus et l'histoire, Paris, Desclée, 1979 ; édition nouvelle 1993.

Les miracles tout simplement, en collaboration avec J.-L. Souletie et Thévenot, Paris, Les Éditions de l'Atelier, 1995.

Jésus, Christ et Seigneur des premiers chrétiens, Paris, Desclée, 1997.

ISBN 2 13 050620 8

Dépôt légal — 1re édition : 1998
4e édition mise à jour : 2000, janvier

108, boulevard Saint-Germain, 75006 Paris

INTRODUCTION

Est-il possible d'écrire un ouvrage d'histoire sur Jésus de Nazareth, et comment? Jusqu'à quel point la recherche historique permet-elle d'asseoir quelques bases solides? De prime abord, on pourrait déclarer forfait, et pour de sérieuses raisons. Relevons d'emblée la pauvreté relative des renseignements tirés des évangiles et le type même de cette documentation marquée par la foi pascale des chrétiens. En sorte que l'interrogation historique semble coincée entre une acceptation parfois peu critique des données reçues dans les quatre évangiles et un refus, lui aussi peu justifié, des éléments pourtant valables sur le sujet. Alors, sans grand égard à l'endroit d'une documentation sérieuse sur Jésus, le roman historique s'en donne à cœur joie, avec le seul souci d'étonner son lecteur, sinon de le scandaliser. Notre dessein sera ici de tracer une voie entre ces écueils. Dans le champ de sa spécialité l'historien jaugera la valeur du dossier, sans en surévaluer les données, mais aussi sans les dévaluer. Faut-il d'emblée ajouter que depuis trois décennies au moins, à la suite de nombreuses recherches historiques et d'une série de découvertes archéologiques et autres, le dossier Jésus s'est singulièrement étayé.

L'interrogation n'en reste pas moins brûlante, dépassant d'ailleurs les considérations historiques qui vont suivre sur Jésus: comment écrire aujourd'hui l'histoire? Et dans le cas présent, une histoire hautement événementielle, celle d'un homme crucifié sur le Golgotha, il y a près de deux mille ans? Dans le champ de l'histoire, chacun sait combien le souci d'une recherche la plus objective possible ne saurait entièrement se disjoindre des convictions du sujet qui construit ou reconstruit l'histoire, même lorsqu'il aborde son sujet d'un point de vue qui se voudrait non événementiel. L'histoire de la Méditerranée colle à la personne de F. Braudel, d'une manière assurément prestigieuse. Cela vaut pour toutes les œuvres d'histoire, dans le cadre d'une science humaine, objective dans son utopie et subjective dans la manière même d'opérer la *rétrodiction* (l'expression est de Paul Veyne) des faits du passé, patiemment triés, jaugés, ramassés et redits en mots d'aujourd'hui. Et des jugements de valeur, objectivement posés, peuvent (heureusement) différer d'un historien à l'autre. Dès lors, sur un sujet aussi sensible qu'une histoire portant sur Jésus, on comprend d'emblée comment des historiens, également soucieux d'objectivité, en arrivent à des conclusions parfois différentes. Jésus, vu par un juif, un musulman ou un agnostique, sonnera de diverses manières ou peu en accord avec la foi chrétienne. Les tendances de chacun n'en demeurent pas moins légitimes, à la condition de savoir les reconnaître, sans jamais s'attribuer le privilège d'une entière neutralité, déclarée péremptoirement scientifique. Bref, la recherche sur Jésus reste « un but asymptotique » (le mot est de Karl Rahner), toujours à réaliser et jamais atteint. Mais n'en est-il pas de même des autres champs de l'histoire? Car le problème d'aujourd'hui n'est pas tellement de reconnaître ces différences de conviction entre les historiens, mais de saisir avec plus d'exactitude les procédures méthodologiques qui permettent d'avancer en la circonstance. L'historien n'est pas tellement celui qui déclare une vérité historique à nouveaux frais, mais celui qui apprend lentement ce que l'on ne peut plus dire sur l'objet de son désir. L'historien, et l'historien croyant y compris, désigne d'abord des portes à ne plus ouvrir. Tant il ne peut tout prouver, ni tout désapprouver. Il n'est pas un dieu qui saurait entièrement percer les secrets de l'histoire. Dans le champ de sa spécialité, il ne peut faire que ce qu'il peut, et l'on ne saurait lui en réclamer d'avantage sous le prétexte d'appuyer ou d'infirmer la foi chrétienne. Peut-être est-ce là ce qui caractérise le mieux notre époque, au seuil du XXIe siècle. Non pas, quelque résignation désabusée à l'endroit de conclusions historiques impossibles à saisir sans aucune ambiguïté, mais une meilleure prise de conscience du travail historien avec ses limites assurément, mais aussi ses résultats.

Au fait, il faudrait d'abord écrire une histoire des figures de Jésus à travers les siècles avant de s'engager dans quelques procédures qui puissent plus ou moins distinguer sa personne, sa parole et ses actes. L'histoire de ces figures est hautement significative. Elle montre combien le visage de Jésus s'est continuellement modifié selon les temps et les lieux, l'utopie d'une époque ou les révulsions idéologiques du groupe social donné. D'une certaine manière, le jugement de Voltaire n'est pas faux, à l'encontre des discours débridés sur Jésus. Pour le philosophe, il est « un juif obscur, de la lie du peuple, nommé Jésus, crucifié comme blasphémateur au temps de l'empereur Tibère, sans qu'on puisse savoir en quelle année » (*Dieu et les hommes,* 1769, p. 279). On connaît les répulsions du philosophe à l'endroit du peuple, sans parler de la pointe antisémite de certains de ses discours. On peut aussi nuancer l'accusation de blasphème en l'occurrence, alors que le motif de la condamnation de Jésus était politique et religieux, à la fois. Enfin, le souci chronologique n'était guère le fait des historiens anciens. Mais la mesure (relative) dont fit preuve Voltaire ne devait guère être imitée. En sorte que, tout au long des XVIIIe au XXe siècles, Jésus devait revêtir les habits les plus contradictoires, comme s'il devait épouser l'utopie d'un chacun. Le Jésus, souverain législateur des juristes d'avant la Révolution devra laisser la place au « sans-culotte de Nazareth » qui enflammait les discours révolutionnaires de l'Assemblée nationale. Puis, Jésus deviendra la figure par excellence de l'obéissance à la Loi au regard des prêtres assermentés. Ou au contraire, il saura s'insurger contre le pouvoir, aux yeux des prêtres réfractaires. Mais il redeviendra obéissant à l'époque de la Restauration et sera le modèle des bourgeois puritains et piétistes du protestantisme libéral allemand du XIXe siècle. Ensuite, certains le désigneront comme un maître de sagesse ou un philosophe cynique à la manière hellénistique. D'autres, marqués par l'apocalyptique du temps, en feront un trublion antiromain, sinon l'exemplaire d'une révolution toujours en marche. Et d'autres enfin, tel le P. Lagrange, fondateur de l'École biblique devenue en 1921 l'École archéologique française de Jérusalem, en reviendront à une juste critique des textes évangéliques, sans apologétique intempestive. La figure de Jésus continuait donc de vivre dans le monde, mais en dehors de France surtout. Car, en France dès le début du XXe siècle, sa figure paraît comme refoulée, hors du langage public, sous le voile d'une nécessaire tolérance qui n'en aboutira pas moins à l'ignorance d'une large part de notre propre culture. Mais laissons là cette captivante histoire des figures de Jésus à travers le temps. Son intérêt n'en est pas moins grand pour nous avertir aujourd'hui des limites d'un discours sur sa personne. Tout et n'importe quoi ne peuvent être dit à son propos. Certes, le roman historique a ses titres de noblesse. Mais il ne saurait se confondre avec un travail rigoureux, qui préfère ne rien dire plutôt que de trop dire, même par le biais d'une supposition alléchante.

Cet effort méthodologique a déjà produit ses fruits. L'écart exégétique entre des exégètes catholiques et protestants s'avère quasi imperceptible sur le sujet, si du moins chacun reste soucieux d'une instrumentation méthodologique qui les situe comme à l'envers de toute forme de fondamentalisme. Les différences entre les exégètes ne s'enracinent plus tellement dans un discours théologique tenu en soubassement de leurs conclusions exégétiques, mais plutôt dans le maniement différencié des nombreuses procédures méthodologiques, de type historico-critique, socioreligieuse, structural ou rhétorique. Plus encore, l'accord est parfois étonnant entre quelques exégètes juifs d'aujourd'hui (par exemple, David Flüsser de l'Université hébraïque de Jérusalem) et des historiens chrétiens spécialistes de cette haute époque. Il en est de même de plusieurs travaux de valeur produits par des auteurs agnostiques. Nous venons de le dire, plus que les convictions confessionnelles ou leur refus, qui restent intacts chez les uns et les autres, c'est une même manière de pratiquer l'exégèse et l'histoire qui alors les rassemble, au point d'en arriver à produire des conclusions en partie analogues. Nous en préciserons les contours dans un premier chapitre à pointe méthodologique, d'allure un peu revêche, mais nécessaire pour justifier la suite de ces pages. Car il ne s'agira nullement d'inventer une autre histoire de Jésus, mais de mettre entre les mains du lecteur quelques éléments majeurs du dossier et les diverses manières d'en interpréter le contenu. Il faudra en conséquence évaluer avec le plus d'objectivité possible les données historiques susceptibles de désigner authentiquement Jésus, au moins en quelques secteurs de sa pensée et de son activité, sans nullement prétendre le saisir en son entier, dans le mystère de sa personne. Pour un croyant aussi, Jésus demeure toujours à l'état d'interrogation, une interrogation vive et joyeuse, mais une interrogation quand même. A suivre l'évangile de Marc, Jésus ne déclare guère lui-même sa propre identité, disons en direct. Il interroge l'autre : « Qui suis-je au dire des hommes ? », demande-t-il à ses disciples, avant de les prendre de front : « Et vous, qui dites-vous que je suis ? » (Mc 8, 27.29).

L'ouvrage abordera les points suivants :

I. D'abord, une rapide synthèse sur les sources et les méthodes de l'exégèse en matière historique. Comment travailler dans ce champ si particulier de l'histoire au sein du monde hellénistique du Ier siècle de notre ère ?

II. Nous situerons ensuite Jésus dans son milieu premier, au sein d'un Judaïsme à l'époque très diversifié, en affinité avec le groupe de Jean le baptiste et d'autres groupes encore.

III. Le lien entre Jésus et les scribes d'affinité pharisienne ne cachera pas l'écart existant entre eux, sur la question de la Loi de Moïse surtout. En quoi sa parole apparut-elle alors comme nouvelle ?

IV. L'action libératrice de Jésus en ses gestes de guérison et, plus étrange encore, dans une action de type exorciste, arrêtera notre attention. Non point pour prouver le miracle, mais pour dire l'importance de ce langage du miracle et de l'exorcisme au Ier siècle de notre ère. Non seulement Jésus a prêché un règne de Dieu là proche, mais déjà il l'inaugure de quelque manière dans une action visant la libération de la misère, de la maladie et de la mort.

V. Le constat d'un contexte politique et religieux alors très perturbé permettra de mesurer l'analogie et les différences entre Jésus et les prétendants messianiques de son temps. Car d'autres *christs* et prophètes sévissaient à l'époque. Comment viser alors l'identité de Jésus ?

VI. Le chapitre suivant s'attachera aux pas de Jésus montant au Golgotha. Après son procès romain devant Pilate, précédé d'une brève confrontation avec quelques dirigeants juifs de souche sacerdotale, Jésus sera mis en croix, comme à la sauvette, alors que la Pâque juive venait à peine de commencer.

VII. Au terme de ce parcours historique, l'historien ne saurait voiler le fait que, dès le départ, les premières communautés judéo-chrétiennes crièrent leur confession de foi en celui qui, par-delà la mort, restait toujours brûlant de vie au milieu d'eux. C'est cet événement de Résurrection qui provoquera la naissance de leur discours sur Jésus, un discours lui aussi ressuscité. C'est cet événement qui suscitera les narrations évangéliques, c'est-à-dire l'essentiel des matériaux historiques qui nous ont permis d'épeler les points précédents. Le problème historique ne sera pas alors de savoir si Jésus est ou non ressuscité – c'est là une assertion qui relève de la foi –, mais de mesurer historiquement les implications premières d'une telle conviction de foi. Comme lors de tous les grands moments de l'histoire, l'événement pascal se manifeste par une sorte de surproduction de la parole, un débordement de paroles qui secoue encore notre histoire d'aujourd'hui.

Sigles des livres bibliques
et liste des éditions des anciens auteurs

Ac	Actes des Apôtres (de Luc)
Ap	Apocalypse (attribuée à Jean)
1 Co	1re épître aux Corinthiens (de Paul)
2 C	2e épître aux Corinthiens (Paul)
Col	Épître aux Colossiens (attribuée à Paul)
Ép	Épître aux Éphésiens (attribuée à Paul)
Ga	Épître aux Galates (Paul)
He	Épître aux Hébreux
Jc	Épître de Jacques (attribuée à)
Jn	Évangile de Jean (la tradition de)
1 Jn	1re épître de Jean
2 Jn	2e épître de Jean
3 Jn	3e épître de Jean
Jude	Épître de Jude
Lc	Évangile de Luc
Mc	Évangile de Marc
Mt	Évangile de Matthieu (attribué à)
1 P	1re épître de Pierre (attribuée à)
2 P	2e épître de Pierre (attribuée à)
Ph	Épître aux Philippiens (Paul)
Phm	Épître à Philémon (Paul)
Rm	Épître aux Romains (Paul)
1 Th	1re épître aux Thessaloniciens (Paul)
2 Th	2e épître (attribuée à Paul)
1 Tm	1re épître à Timothée (attribuée à Paul)
2 Tm	2e épître (attribuée à Paul)
Tt	Épître à Tite (attribuée à Paul)

Les titres des livres de l'Ancien Testament seront cités en entier, et de même les titres des livres dits apocryphes, c'est-à-dire non contenus dans le corpus des textes canoniques. On en trouvera la traduction dans A. Dupont-Sommer et M. Philonenko, *La Bible. Écrits intertestamentaires*, Paris, Gallimard, 1987 ; cette traduction comprend des textes de Qumrân (indiqués par le sigle *Q*, par exemple, *1QS* : première grotte de Qumrân, *Règle de la Communauté*.

Les écrits de Philon d'Alexandrie seront cités d'après R. Arnaldez, J. Pouilloux et C. Mondésert (éd.), *Les œuvres de Philon d'Alexandrie*, Paris, Le Cerf, 1957 s.

Les livres de Flavius Josèphe *(Les Antiquités juives et La guerre des juifs contre les Romains)* suivront la numérotation de l'édition *The Loeb Classical Library*, Londres, 1961 s.

Les anciens textes latins et grecs suivront d'ordinaire les titres et divisions, acceptés dans *La Pléiade*.

Les titres et divisions des anciens textes rabbiniques suivront les traités de la *Mishna* (fin IIe siècle), de la *Tosefta*, du *Talmud de Jérusalem* (fin IVe siècle) et du *Talmud de Babylone* (fin Ve siècle).

Chapitre I

SOURCES ET MÉTHODES

A partir de quelles sources et quel regard poser sur Jésus, qui réponde aux exigences historiques de notre temps ? L'utopie des exégètes d'aujourd'hui n'est plus de reconstruire une vie de Jésus à proprement parler, même si de sérieux progrès ont été réalisés depuis trente ans environ, souvent en réaction contre les thèses trop minimalistes de Rudolf Bultmann sur le sujet. Selon cet exégète luthérien (1884-1976), professeur à Marburg, les éléments sûrs concernant Jésus pourraient se résumer en une page ou presque. Sa prédication annonçait le règne de Dieu qui va bientôt survenir, dans une emprise souveraine, sans laisser place aux fausses puissances de ce monde. Ses courtes sentences à la manière des sages de l'époque et en particulier ses récits sous forme de paraboles inauguraient un nouveau type de comportement devant Dieu. Ses exorcismes à l'encontre des puissances hostiles et ses gestes de guérison faisaient sa renommée. Son attitude plutôt large et humaine à l'endroit des règles tirées de la Loi de Moïse posait problème aux scribes d'obédience pharisienne, en insistant sur les motifs de l'amour mutuel et de la gratuité des dons de Dieu. Mais ses paroles contre le Temple de Jérusalem en particulier devaient déchaîner la colère des autorités sacerdotales de Jérusalem et provoquèrent son arrestation. Finalement, Jésus sera crucifié après un rapide procès romain devant Pilate autour de l'an 30 de notre ère. Au fait, l'essentiel est dit en ces quelques mots, ici ramassés plus encore.

Cela n'empêcha pas la réaction de plusieurs disciples de Bultmann, et en particulier celle de Ernst Käsemann en 1953, dans le sens d'une évaluation plus large et positive des données évangéliques. Depuis lors, les études de type historique ne cessent de se multiplier afin de mieux mettre en relief les éléments de valeur contenus dans les quatre évangiles. Depuis quelques décennies, en effet, de nouveaux apports littéraires et archéologiques ont sensiblement modifié la situation, en permettant de mieux saisir la pointe des paroles et des gestes de Jésus, en fonction d'une connaissance plus précise du milieu juif qui était alors le sien. Jésus est mieux situé en son temps, dans le cadre d'un Judaïsme alors très diversifié. Par ailleurs, la manière même d'interroger les textes évangéliques a profondément changé, sans désormais sombrer dans ce que d'aucuns appellent l'historicisme ou *a fortiori* le fondamentalisme.

I. — Les lieux actuels du renouveau exégétique

Énumérons rapidement les divers domaines où l'instruction du dossier sur Jésus progresse sensiblement.

Les manuscrits du Nouveau Testament. — Les originaux des vingt-sept écrits composant le Nouveau Testament ont tous disparu. Subsistent seulement un bon nombre d'anciens papyrus et de parchemins actuellement dispersés dans les grandes bibliothèques internationales : ainsi, près de 88 fragments sur papyrus dont certains remontent à l'an 150 de notre ère ; ou encore, les 274 manuscrits grecs écrits en lettres majuscules dites onciales, et près de 2770 manuscrits en lettres grecques cursives. Par ailleurs, existent toujours de nombreuses versions en d'autres langues anciennes, en latin, syriaque, copte et arménien. D'où, près de 5000 témoins manuscrits, en comptant les anciens lectionnaires liturgiques ; et beaucoup plus encore, lorsque sont collationnées les citations bibliques opérées par les écrivains des premiers siècles de notre ère. La situation manuscrite est donc meilleure que celle des auteurs de l'antiquité, comme Platon, Tacite et autres. Certes, les variantes entre les manuscrits, surgies lors de la réécriture des textes par les anciens scribes chrétiens, sont nombreuses, plus de 150 000, mais d'importance souvent minime – surtout des fautes d'orthographe ! Un travail attentif de *paléographie* et de *critique textuelle* permet actuellement aux spécialistes de remonter assez souvent aux deux ou trois formes du texte néotestamentaire qui circulaient au IIe siècle de notre ère en divers lieux du bassin méditerranéen. A partir de là il est possible de désigner avec une réelle certitude l'état des originaux. Les *Éditions critiques* du Nouveau Testament en restituent le texte, accompagné des principales variantes. C'est la première étape à franchir, permettant de situer la figure de Jésus sur une base manuscrite solide.

Les découvertes de Qumrân. — Dès 1947, les découvertes des manuscrits de la mer Morte, cachés dans les onze grottes près du site de Qumrân, ont largement bouleversé nos connaissances. Il s'agit là de textes de l'Écriture, appelée souvent l'Ancien Testament. En plus, on découvre de nombreux documents, propres à une communauté de type quasi monastique, celle des « sectaires de la Nouvelle Alliance », constituant probablement une branche des groupes esséniens. Ces découvertes ont une grande importance sur les deux points suivants : D'abord, elles permettent une connaissance précise des textes de l'Écriture, tels qu'ils circulaient au Ier siècle et sur lesquels Jésus et les siens constamment s'appuyaient. Ensuite, et plus encore, une connaissance entièrement renouvelée du milieu juif diversifié, antérieur à la ruine du second Temple en l'an 70. Or, c'est à partir de cette connaissance des mouvements politico-religieux existant à l'époque en Israël que l'on peut mettre en relief, par analogie ou contraste, les paroles et les gestes de Jésus, répercutés dans les évangiles.

Sur le premier point, un bond de mille ans en arrière s'est opéré : les anciens manuscrits complets de l'Écriture, jusque-là connus, dataient seulement du VIIIe pour le texte des Prophètes et du XIe pour tout l'Ancien Testament. Or, les plus anciens éléments découverts à Qumrân datent du IIe siècle avant notre ère, et ils s'étalent ensuite jusqu'à la destruction du site par les Romains en l'an 68 de notre ère. On est alors étonné par la grande fidélité des scribes lors de la recopie de ces textes jusqu'au Moyen Age. Plus encore, les manuscrits propres à la communauté susdite ont largement fait éclater une saisie jusque-là trop unifiée du Judaïsme ancien. D'aucuns parlent désormais des Judaïsmes du Ier siècle, avant la ruine du Temple en l'an 70 et même jusqu'à la catastrophe plus radicale encore de l'an 135 de notre ère. Par la suite, le Judaïsme dit rabbinique devait largement s'imposer.

A l'époque de Jésus donc, divers mouvements religieux, appelés sectes dans le langage du temps (le sens du mot a ensuite évolué), se partageaient les esprits. Énumérons quelques-uns de ces groupes à partir des indications fournies par l'historien juif Flavius Josèphe, l'historiographe de la maison des Flaviens à la fin du Ier siècle de notre ère. Mentionnons d'abord le groupe des sadducéens, comprenant surtout des notables, appelés Anciens, souvent liés au monde des hautes classes sacerdotales, et donc aux Grands Prêtres qui dirigeaient le Temple de Jérusalem. Ces milieux étaient très conservateurs à tous les niveaux. De leur côté, les pharisiens et les esséniens constituaient plutôt l'élite cultivée et religieusement active de l'époque, mais de manière différente. Les scribes d'obédience souvent pharisienne avec leurs disciples pharisiens (le mot signifie *séparés*) formaient des petits groupes de purs, voulant parfaitement vivre selon toutes les règles de la Loi de Moïse, y compris les règles de pureté rituelle. Ils n'en demeuraient pas moins assez proches du « peuple du pays », et ils s'attachaient en particulier à en élever le niveau religieux lors du matin du sabbat dans les synagogues. Pour leur part, une intense soif religieuse traversait aussi le ou les groupes dits esséniens (le mot signifie *saints*), accompagnée d'une plus grande minutie encore dans le respect des règles de pureté rituelle. Cette fois, la

Communauté de la nouvelle Alliance séparait radicalement les «fils de lumière» des enfants de la ténèbre, et regroupait les justes et les purs de leur obédience. Les esséniens s'isolaient et s'enfermaient sur eux-mêmes, sans compromission avec le clergé de Jérusalem et tout le reste d'un Israël devenu souillé.

En plus de ces trois groupes religieux dont parle Josèphe, d'autres devaient surgir encore, certains animés par le désir de bouter les romains hors du pays (ainsi les *brigands*, les *sicaires* et plus tard les *zélotes*). D'autres, tels des prophètes eschatologiques à la manière de Jean le baptiste, annonçaient la venue prochaine de la fin des temps. D'autres encore, près d'Alexandrie par exemple, constituaient des groupes de serviteurs de Dieu, dits *thérapeutes*, d'allure monastique (le mot grec *monastèrion* apparaît ici pour la première fois dans la littérature ancienne). Et tout cela, sans parler de l'ensemble du petit peuple, largement divisé selon sa situation en Judée ou en Galilée, et *a fortiori* en Samarie considérée alors comme une terre hérétique. Les documents de Qumrân, comparés à l'ancienne documentation juive jusque-là connue, ont donc permis de mieux situer Jésus dans ce monde en pleine ébullition. Non point qu'ils mentionnent le nom de Jésus, car ils sont généralement antérieurs à lui, mais dans le fait même de permettre une reconstruction plus précise des milieux juifs de ce temps. Par analogie ou par contraste, les paroles et les gestes de Jésus, relevés dans les évangiles, prennent alors un singulier relief.

L'investigation historique s'attachera en conséquence à cette question essentielle : où situer Jésus dans ce contexte culturel et religieux éclaté ? Jésus est-il proche du milieu pharisien, des groupes esséniens ou d'autres encore ? De nombreuses convictions sur le motif de la providence, sur l'amour du prochain, le jugement final et la résurrection des morts le rapprochent des scribes d'affinité pharisienne surtout – ce qui n'empêchera pas de fortes oppositions entre eux, comme souvent à l'endroit de ceux qui vous sont les plus proches. Au contraire, Jésus ignore ou presque le monde des prêtres et des notables sadducéens qui, en fait, l'acculeront à la mort. Jésus n'était pas, non plus, essénien. Il trempe en direct dans le monde populaire de son temps, proche des petits et des pauvres, voire même des *pécheurs*, au sens social et religieux de ce mot qui désignait à l'époque la dernière classe de la société. De son côté, l'élite essénienne faisait bande à part, au point d'excommunier non seulement les païens impurs, mais aussi les prêtres de Jérusalem, les pharisiens et tous ceux du peuple qui ne les rejoignaient pas. Jean, dit le baptiste, en diffère aussi. Il prêchait sur les bords du Jourdain (Qumrân est au bord de la mer Morte), et ressemblait alors à d'autres ascètes de l'époque (l'historien Josèphe nomme un certain Bannous). Ou encore, il était comme l'un de ces prophètes des derniers temps qui appelaient les gens au désert, le long du Jourdain, pour mieux les préparer aux signes et aux prodiges de la fin du monde. Nous en donnerons des exemples. En bref, il semble peu probable que le Baptiste et Jésus, son disciple, aient tissé quelques liens avec les esséniens. Il n'est d'ailleurs jamais question de ces derniers dans les évangiles. Pour une part, leurs messages respectifs sont même antithétiques : Jésus récuse largement les pratiques d'une pureté rituelle, poussées à l'extrême. Toutefois, l'influence de l'essénisme apparaît tangible sur la pensée et les pratiques chrétiennes postérieures, en particulier chez Paul et, plus encore, dans le milieu judéo-chrétien, lui-même assez marginal, regroupé autour de la figure de Jean l'évangéliste. Mais auparavant une telle influence n'apparaît guère sur Jésus.

Alors, où faut-il situer Jésus ? Serait-il un Juif, disons, marginal ? Mais le mot marginal ne convient guère en la circonstance. Dans l'Israël de ce temps beaucoup se disputaient l'autorité en matière religieuse, sans accepter encore quelque forme d'orthodoxie religieuse. Après le milieu du IIe siècle seulement, à l'époque dite rabbinique, la situation sera largement différente. Mais l'historien doit éviter de projeter inconsidérément des convictions et des pratiques juives d'époque postérieure sur la situation religieuse d'avant la ruine du Temple. Le mot marginal pourrait sans doute souligner l'étonnante singularité de la figure de Jésus, plutôt à la périphérie des villes et des élites religieuses de l'époque, sans place honorable au sein de la société. Jésus paraît alors en constant décalage par rapport aux hommes les plus valables de son temps, sans affiliation directement politique ou religieuse, et jusque dans l'extravagance d'une activité continûment itinérante. Au point de finir par être condamné comme trublion. Et pourtant l'homme restait très près du petit peuple et des pauvres, au sens matériel ou moral de ce mot. Comme il restait très près du monde galiléen qui l'entourait.

Ajoutons deux autres remarques. Toutes les photos des manuscrits de Qumrân sont maintenant connues, à la disposition des chercheurs. Des éléments souvent minuscules de la grotte IV restent à publier officiellement, mais ajoutent peu d'éléments importants à notre connaissance actuelle de l'essénisme. La seconde remarque concerne encore un problème d'actualité. Un ou deux paléographes contemporains ont cru reconnaître sur des fragments grecs de la grotte VII de Qumrân des éléments tirés de l'Évangile de Marc, et cela à partir de cinq ou six lettres grecques situées en ordre dispersé sur un papyrus en lambeau. Mais les fragments de cette grotte sont tardifs par rapport aux éléments hébreux ou araméens des autres grottes à situer avant l'an 68 de notre ère, et l'identification paléographique susdite (et d'autres analogues) est généralement refusée par les spécialistes.

Les découvertes de Nag Hammadi. — En aval du Nouveau Testament, les écrits dits gnostiques, découverts en Égypte à Nag Hammadi dès 1945, permettent aussi de mieux pénétrer le monde hellénistique et son influence sur certaines communautés chrétiennes. Car le Judaïsme palestinien où se situait Jésus faisait largement corps avec le monde hellénistique. Ainsi les sentences de sagesse, lues dans les discours de Jésus, sonnent à la manière des écrits de sagesse du Judaïsme hellénistique (le livre de la sagesse par exemple) et même, pour une part, à la manière des sentences des philosophes cyniques de l'époque. Parmi ces écrits en langue copte, relevons surtout l'*Évangile de Thomas* dont la première rédaction en grec pourrait dater de la fin du IIe siècle. Il s'agit d'un recueil de cent quatorze paroles attribuées à Jésus, parfois parallèles à celles lues dans les évangiles synoptiques. Le fait est important à un double titre. D'abord, certaines paroles de cet évangile apocryphe ont quelque chance de rappeler d'authentiques mots de Jésus, parmi d'autres paroles fortement influencées par la pensée gnostique de l'auteur. Mais, plus encore, cela témoigne combien les premières générations chrétiennes s'intéressaient davantage au rappel des paroles (en grec des *logia*) de Jésus, plutôt qu'au souvenir exact de son itinéraire missionnaire. Précisons ce dernier point.

L'itinéraire de Jésus selon le récit de Jean est différent de celui de Marc. Chez Marc, Jésus évangélise la Galilée d'abord, avant de monter à Jérusalem pour y mourir. Chez Jean, Jésus commence son ministère en Judée et monte ensuite, trois fois au moins, à Jérusalem. Dans leur rappel du passé, les judéo-chrétiens reprennent d'abord les paroles de Jésus qui font autorité, avant même de rapporter un récit biographique de son ministère, chronologiquement disposé. En dehors surtout du récit de la Passion, les premières traditions orales répercutaient surtout les paroles toujours vives de Jésus. L'écriture de son histoire ne surviendra qu'après, sous forme de petits ensembles de récits à l'usage des prédicateurs. Puis, Marc et les autres évangélistes les ramasseront et les organiseront par écrit. Au fait, chez les messagers de ce temps, la parole l'emportait sur l'écrit. L'écrit sert surtout à appuyer le cas échéant une parole ou encore à sauver devant la menace d'une catastrophe des témoignages oraux qui risquaient de se perdre. Cc qui sera le cas pour l'évangéliste Marc, alors que depuis l'an 66 la guerre faisait rage en Israël. Le problème de l'historien sera alors de mesurer, autant qu'il est possible, le décalage entre des récits mis par écrit vers l'an 70 et les événements des années 27 à 30 de notre ère. Dès lors, hormis le récit de la Passion surtout, le relevé des paroles de Jésus apparaît historiquement plus solide que l'arrangement topographique et chronologique des récits évangéliques.

Les écrits du Judaïsme ancien. — Le regard de l'historien s'est davantage affiné encore, à la suite d'une lecture renouvelée des écrits du judaïsme ancien, classés Apocryphes, c'est-à-dire non reçus dans la Bible canonique. Ces textes s'étalent en gros du IIIe siècle avant notre ère jusqu'au IIe siècle après. On pourra en lire de larges extraits dans A. Dupont-Sommer et M. Philonenko, *La Bible. Écrits intertestamentaires* (Gallimard, 1987). Ces nombreux écrits permettent une plus juste appréciation des Judaïsmes du Ier siècle, en Israël et dans les différents lieux du monde méditerranéen où les Juifs étaient alors disséminés en grand nombre (la *diaspora*). Si plus de cinq cent mille Juifs vivaient à l'époque en Israël, cinq fois plus, au moins, résidaient dans la Diaspora. A nouveau, la connaissance de ces milieux culturels permet de mieux percevoir les analogies et les différences entre la figure de Jésus et les hommes de son temps. L'histoire procède par différence.

En plus de ces livres dits apocryphes, signalons surtout l'importance des écrits du philosophe juif Philon d'Alexandrie (de l'an 20 avant à 40 après J.-C.), et plus encore de l'historien juif Flavius Josèphe, dans sa *Guerre des Juifs contre les Romains* (paru en grec entre 76 et 79) et dans ses *Antiquités juives* (vers 94). L'ensemble fournit de très nombreux matériaux permettant une reconstitution historique valable du judaïsme du temps, à la condition évidemment de les examiner d'une manière critique, comme tous les autres documents dits historiques du monde ancien (et moderne aussi !). Il en sera de même avec les écrits du Judaïsme rabbinique, tels la *Mishna*, les anciens commentaires rabbiniques et les deux *Talmud*, qui, plus d'une fois, mentionnent Jésus, mais généralement en mauvais termes. Là encore, ces données rapportées par la tradition juive postérieure au milieu du IIe siècle de notre ère, restent précieuses à connaître pour distinguer la spécificité chrétienne au regard même de ceux des Juifs qui, en leur majorité, n'ont pas reconnu Jésus.

Les fouilles archéologiques. — Nous évoquerons seulement l'importance considérable des nombreuses découvertes archéologiques menées depuis un bon siècle en Israël, qui vont toujours en s'intensifiant. Faut-il mentionner les fouilles récentes effectuées à Jérusalem, découvrant les anciens escaliers du Temple, l'emplacement des murs à quelques tronçons près, la situation du Prétoire où Jésus sera condamné (actuellement appelé la *Tour de David*)? La ville du temps de Jésus retrouve forme, et le tracé même du chemin de la Passion suivant les rues importantes de la ville s'en trouve singulièrement modifié, du moins par apport au tracé de la *via dolorosa* connue depuis le Moyen Age. D'autres découvertes mériteraient d'être mentionnées, telle une inscription sur pierre, trouvée au théâtre de Césarée, livrant le nom de Pilate, le préfet – car tel était son titre alors, celui de procurateur n'étant utilisé qu'à l'époque de l'empereur Claude (41-54). Signalons, enfin, de curieuses fouilles à Capharnaüm, au nord du lac de Tibériade, où certains archéologues pensent avoir découvert la maison de Pierre, le premier apôtre de Jésus. Ces diverses découvertes permettent une lecture vivante des nombreux détails qui parsèment les récits évangéliques. On en trouvera le détail dans diverses revues archéologiques, en particulier dans *Le Monde de la Bible* (Bayard Presse).

Jusque-là, en dehors de la démarche sur les manuscrits, la recherche demeurait quelque peu périphérique, concernant la situation religieuse et culturelle à l'époque de Jésus. Il importe maintenant d'avancer l'investigation, en rappelant d'abord quelques sources non chrétiennes concernant Jésus et, plus encore, en situant critiquement les textes évangéliques. Un discours historique sur Jésus n'en sera que plus affermi.

Les témoignages extérieurs concernant Jésus. — En dehors des textes canoniques, la documentation sur Jésus n'a guère varié depuis un siècle. Les données des écrivains non chrétiens restent rares. Elles n'en sont pas moins précieuses. En l'an 49 de notre ère, ou peut-être déjà dès l'an 41, une décision de l'empereur Claude, rapportée par Suétone, devait chasser les Juifs de Rome : « Comme les Juifs se soulevaient continuellement à l'instigation de Chrestos (Christ), [l'empereur] les chassa de Rome » (*Claude*, § 25). Or, ce soulèvement, sinon cet accès de fièvre messianique se référant au Christ, devait effectivement compromettre à Rome quelques juifs qui reconnaissaient déjà Jésus, dont nous connaissons les noms, à savoir le couple Priscille et Aquila d'après Actes 18, 25. Peu auparavant à Antioche, ceux qui se réclamaient du Christ s'appelèrent eux-mêmes – ou furent appelés par leurs adversaires – des *chreistianoi*, c'est-à-dire les partisans de Christ, c'est-à-dire tenants du Messie, celui qui est oint par Dieu (Ac 11, 26). Mais jusqu'en l'an 64 environ, les Juifs qui confessaient Jésus étaient généralement assimilés aux autres Juifs au regard des Romains. Et les virulents mouvements antisémites païens qui atteignaient les uns touchaient aussi les autres.

Flavius Josèphe, au service de la maison impériale, devait à la fin du Ier siècle rapporter deux données historiques importantes. On relèvera d'abord la mention du martyre de Jacques, exécuté en l'an 62 : « (Le grand-prêtre) Anan convoqua une assemblée de juges et fit amener le nommé Jacques, frère de Jésus dit le Christ, et quelques autres, les accusa d'avoir transgressé la Loi et les livra à la lapidation » (*Antiquités juives*, XX, § 200). Sous la plume de cet auteur juif le mot Christ, attribué aussi à d'auteurs fauteurs de trouble de l'époque, est plutôt péjoratif. La seconde mention de Jésus et de ses disciples fait déjà plus de difficultés, car on soupçonne alors quelques remaniements du texte opérés par une main chrétienne postérieure, lors de la réécriture des manuscrits. Il s'agit du « Témoignage Flavien » (*Antiquités juives*, XVIII, § 63-64), tel qu'on le trouve dans les trois grands manuscrits connus de ce livre. Certains spécialistes récusent le texte en entier. La tendance actuelle serait plutôt de reconnaître l'existence de remaniements postérieurs. D'autres, enfin, suivent une version abrégée, connue au Xe siècle. Voici le texte où seront mis entre crochets les trois ou quatre éléments qui, au regard de nombreux spécialistes, apparaissent comme des insertions du IIIe siècle environ : « En ce temps-là paraît Jésus, un homme sage [si toutefois il faut l'appeler homme, car] ; c'était un faiseur de prodiges, un maître des gens qui recevaient avec joie la vérité. Il entraîna beaucoup de Juifs et aussi beaucoup de Grecs. [Celui-là était le Christ.] Et quand Pilate, sur la dénonciation des premiers parmi nous (c'est-à-dire les autorités juives) le condamna à la croix, ceux qui l'avaient aimé précédemment ne cessèrent pas. [Car il leur apparut le troisième jour, vivant à nouveau ; les prophètes divins avaient dit ces choses et dix mille autres merveilles à son sujet.] Jusqu'à maintenant encore, le groupe des chrétiens [ainsi nommé après lui] n'a pas disparu. » Sans les insertions supposées, ce texte use d'un vocabulaire et du style habituel de cet auteur. Il rapporte ici ce qu'il entendait dire des chrétiens à son époque. On en remarquera le langage mesuré, et finalement peu chrétien : Jésus serait un *sage*, c'est-à-dire un maître de sagesse selon le langage du temps. Un chrétien pouvait difficilement parler ainsi du Seigneur. Par ailleurs, Jésus était un thaumaturge, comme on en trouvait d'autres alors en Israël. Mais un copiste chrétien aurait difficilement ajouté les mots « un faiseur de prodiges », plutôt péjoratifs. Enfin, la recension courte de ce texte, rapportée par Agapios, un évêque de Hiérapolis au Xe siècle, mérite d'être relevée : « A cette époque-là, il y eut un homme sage, nommé Jésus, dont la conduite était bonne ; ses vertus furent reconnues. Et beaucoup de Juifs et des autres nations se firent ses disciples. Et Pilate le condamna à être crucifié et à mourir. Mais ceux qui s'étaient faits ses disciples prêchèrent sa doctrine. Ils racontèrent qu'il leur apparut trois jours après sa résurrection et qu'il était vivant. Il était considéré (par eux) comme le messie au sujet duquel les prophètes avaient dit des merveilles. » Selon cette version, l'historien juif ne prend pas partie. Il répète ce qu'il entend dire.

Enfin, avant l'an 120, l'historien romain Tacite mentionne les premières persécutions contre les chrétiens en ces termes: «Aucun moyen humain, ni les largesses du prince... ne faisaient céder l'opinion infamante selon laquelle l'incendie avait été ordonné [par l'empereur]. En conséquence, pour étouffer la rumeur, Néron produisit comme inculpés et livra aux tourments les plus raffinés des gens, détestés pour leurs turpitudes, que la foule appelait chrétiens. Ce nom leur vient de Christ, que sous le principat de Tibère, le procurateur Ponce Pilate avait livré au supplice; réprimée sur le moment, cette exécrable superstition faisait de nouveau irruption, non seulement en Judée, berceau du mal, mais encore à Rome, où tout ce qu'il y a d'affreux ou de honteux dans le monde converge et se répand... Ils furent reconnus coupables, moins du crime d'incendie qu'en raison de leur haine pour le genre humain» (*Annales*, 15,44). On relèvera ici l'assimilation du christianisme à une superstition, mot désignant dans le langage romain tout ce qui ne relevait pas du culte officiel. Par ailleurs, le motif de «la haine pour le genre humain» était répandu dans le monde romain à l'encontre des Juifs en général, et donc aussi des judéo-chrétiens.

Les quelques renseignements qui précèdent sont rares, mais importants, tant ils nous livrent une image du Christ sensiblement différente des textes canoniques. La mort sous Ponce Pilate et l'attribution à Jésus d'un titre politicoreligieux à l'époque très dangereux, à savoir celui de Christ ou Messie, constituent deux éléments de valeur au plan historique.

Une analyse littéraire affinée. — Il reste donc à notre disposition essentiellement les textes chrétiens, dont il importe de faire une lecture critique, c'est-à-dire qui tienne compte des justes exigences des méthodes modernes en matière littéraire et historique. Car, aux yeux d'un historien chrétien y compris, une lecture fidèle du texte biblique n'empêche pas un regard critique à leur endroit, à l'envers d'un fondamentalisme étriqué. Il est alors nécessaire de distinguer les manières de parler au Ier siècle de notre ère, les procédés littéraires alors mis à l'œuvre et une façon d'écrire l'histoire qui n'est plus la nôtre aujourd'hui. Par exemple, les historiens anciens emmêlent facilement le langage de l'histoire à une écriture de frappe symbolique pour mieux signifier l'importance d'un personnage ou d'un événement. Le symbole ne supprime pas l'histoire, mais ce type d'écriture oblige l'historien moderne à déplacer quelque peu le contenu immédiat de ce genre de représentation historico-littéraire. Souvent le langage symbolique souligne à sa manière ce qu'il y a de plus historiquement essentiel, mais en d'autres termes, différents d'une chronique journalistique, purement anecdotique.

Il est difficile de ramasser en quelques mots les procédures d'analyse littéraire mises en œuvre depuis plus d'un siècle. Il n'en reste pas moins important de rapidement les évoquer, tant leurs conclusions touchent la matière historique, et donc la figure de Jésus selon les évangiles. Car, heureusement, nous ne possédons pas qu'un seul évangile (Que l'historien peut-il faire à partir d'une unique source ?), mais de quatre évangiles, dont trois sont assez souvent parallèles, à savoir les évangiles dits *synoptiques*, Marc, Matthieu et Luc, et le quatrième évangile, celui de Jean, fortement différent des précédents.

Deux types de regard peuvent être portés sur ces textes, comme sur toutes les œuvres littéraires en général : un regard de type synchronique et un regard de type diachronique. Le premier décrit le texte dans sa littéralité actuelle et son fonctionnement interne. Le second met en relief la genèse littéraire de sa production, en raison des sources et du milieu culturel d'où il surgit. Dès la fin du siècle dernier, le regard diachronique sur les textes évangéliques l'a d'abord emporté, donnant lieu à ce qu'on appelle l'exégèse historico-critique. Depuis 1950 environ, et surtout depuis 1970 avec l'introduction des procédures inspirées du structuralisme, l'attention portant sur la composition et le fonctionnement intérieur de ces productions littéraires prend davantage d'importance. Les deux regards se complètent en partie, sans nullement s'exclure.

Au niveau d'une exégèse diachronique de type historico-critique, l'intérêt porte en particulier sur les sources et la datation des écrits évangéliques. Les conclusions, toujours quelque peu hypothétiques, n'en demeurent pas moins importantes pour l'historien. Donnons deux exemples. Depuis 1920 surtout, l'intérêt exégétique s'est exercé sur les anciennes traditions orales sur Jésus, longtemps véhiculées dans les premières communautés chrétiennes avant qu'un évangéliste ne les reprenne en tout ou en partie – et il y a toujours une différence entre un écrit qui trie, ramasse et synthétise des données et une oralité beaucoup plus libre dans son expression. Les premiers témoins de Jésus étaient des prêcheurs, et non des écrivains. Au fait, de nombreuses phrases évangéliques portent toujours les marques d'une rythmique verbale qui caractérise le style oral, celui de Jésus et celui des premiers prédicateurs chrétiens. Le second exemple porte sur ce qu'on appelle *la critique des sources*. Depuis deux siècles au moins, les exégètes se sont demandé lequel des trois synoptiques était le plus ancien, et donc aussi le plus à même de rapporter les traditions les plus primitives sur Jésus. Deux hypothèses s'affrontent en la circonstance. Pour les uns, actuellement les plus nombreux, l'Évangile de Marc est le plus ancien : Matthieu et Luc, indépendamment l'un de l'autre, ont utilisé Marc, chacun à leur manière. Toutefois, l'importance de ces deux évangiles n'en demeure pas moins grande, car, en plus de Marc, ils ont utilisé une seconde source de matériaux, dite *tradition Q* (de l'allemand *Quelle*), aussi ancienne, sinon plus, que celle de Marc. Comme on voit, la situation est assez complexe. Les conclusions en la matière s'appuient sur une étude très attentive, faite sur le texte grec, des rapports entre les trois synoptiques. Marc serait donc premier. Toutefois, d'autres spécialistes continuent d'accorder à Matthieu en particulier une certaine primitivité par rapport à Luc et à Marc.

Depuis 1950 surtout, l'intérêt exégétique s'est quelque peu déplacé en analysant davantage les textes dans leur composition actuelle, leur rédaction finale et leur théologie propre. Ramassons d'un mot quelques conclusions, à partir de l'opinion critique la plus généralement reçue. L'évangéliste Marc, autour de l'an 70, a repris un ensemble de traditions orales ou partiellement écrites pour les aménager sous forme biographique. Dans le contexte de l'église de Rome probablement, à l'aide d'une langue grecque assez fruste et pleine de sémitismes, telle qu'elle était parlée à l'époque par les Juifs de cette ville, il rapporte alors l'histoire de Jésus, allant de Jean le Baptiste au récit du tombeau ouvert (de Mc 1, 1 à 16, 8 ; les versets 9 à 20 du chap. 16 ont été ajoutés au IIe siècle de notre ère). Il reprend apparemment une suite d'éléments empruntés à une catéchèse judéo-chrétienne, marquée par l'empreinte de Pierre en particulier. Enfin chez lui, Jésus est dès l'abord désigné comme le Fils de Dieu. De son côté, vers l'an 85 et au sein d'une communauté judéo-chrétienne sise à Antioche de Syrie, Matthieu, l'évangéliste grec, distinct de l'apôtre du même nom, reprend et aménage la présentation de Marc, en lui ajoutant de nombreux éléments tirés d'une seconde source, la *tradition Q*. Sans nullement récuser l'insistance de Marc sur le motif de la filiation divine de Jésus, l'auteur n'en souligne pas moins fortement combien Jésus était le Messie, le fils de David attendu par Israël. Puis, à la même époque et dans le contexte d'une communauté sise peut-être en Grèce, l'évangéliste Luc use à son tour des deux sources en question (*Mc* et *Q*), mais d'une manière parfois assez libre et à l'aide d'une bonne plume grecque. Chez lui, Jésus est d'abord désigné comme le Seigneur, à la manière de Paul dans ses lettres. Enfin, l'évangéliste connu sous le nom de Jean, dans le contexte d'une communauté judéo-chrétienne sensiblement différente des précédentes, devait produire à son tour un récit dont la présentation diffère singulièrement de celle des synoptiques. Sans doute, l'évangile actuel est-il le fruit d'une longue élaboration du milieu dit johannique, dont certains éléments semblent antérieurs à Marc, et d'autres, déjà proches de la persécution de Domilien, vers l'an 95. La désignation finale du Jésus selon Jean est ramassée sur les lèvres de Thomas, l'apôtre d'abord incrédule: « Mon Seigneur et mon Dieu » (Jn 20, 28).

Comme on le voit d'emblée, chacun des récits évangéliques a ses particularités, jusque dans l'accent mis par l'un ou par l'autre sur tels ou tels traits de la figure de Jésus. Certes, ces récits ne se contredisent pas d'ordinaire, mais les différences n'en sont pas moins évidentes. Or, au niveau d'une recherche historique, ce sont justement ces analogies et ces différences entre les textes qui permettent à l'historien de poser un regard critiquement valable sur Jésus, avec une marge d'hypothèses, inhérente à toutes recherches historiques. Mais, avant de préciser quelque peu, les procédures d'investigation dans ce champ si particulier de l'histoire, commençons par rappeler quelques dates assez largement reçues par les spécialistes du Nouveau Testament. Là encore, les discussions restent parfois vives.

II. — Repères chronologiques

27 av. J.-C. à 14 apr. J.-C.: Octave Auguste, empereur	
6 à 4 av. J.-C.: Quintilius Varus, légat de Syrie	Vers 6-4 (?) avant notre ère: Naissance de Jésus
4 av. J.-C.: mort d'Hérode le Grand. Ses trois fils: Archélaüs (sans titre royal), Antipas et Philippe	
4 av. J.-C. à 39 apr. J.-C.: Hérode Antipas, tétrarque de Galilée	
6 apr. J.-C.: Auguste exile Archélaüs en Gaule	Révolte de Judas le Galiléen (Ac 5, 37)
6 à 41: la Judée devient province procuratorienne	
6: Quirinius légat de Syrie	Entre 5 et 10: naissance de Paul à Tarse

19 août 14 : mort d'Auguste. Tibère empereur de 14 à 37	
15 à 26 : Valérius Gratus, préfet de Judée	
26 à 36 : Ponce Pilate, préfet	Vers 27/28 : prédication de Jean Baptiste, début du ministère de Jésus
	Vers l'an 30 : crucifixion de Jésus
Automne 36 : rappel à Rome de Ponce Pilate.	Entre 34 et 37 : martyre d'Étienne (Ac 7) et conversion de Paul
37 à 41 : Caligula empereur	
41 à 54 : Claude empereur ; Agrippa I, roi de Judée	
Printemps 44 : mort d'Hérode Agrippa I	43-44. Agrippa I décapite Jacques le Majeur
44 à 66, la Judée redevient romaine	
46 à 48 : Tibère Alexandre procurateur	Entre 45 et 52 : les premières missions de Paul
48-52 : Vendidius Cumanus procurateur	En 49 (ou 41) : Claude expulse des Juifs de Rome
48 à 53 : Agrippa II, roi de Chalcis	En 50/51 : Paul écrit 1 *Thessaloniciens*
50 à 60 : Antonius Felix, procurateur (Ac 24, 24 s)	
52 : Gallion, frère de Sénèque, proconsul d'Achaïe	Printemps 52 : Paul devant Gallion
	En 52 : l'assemblée de Jérusalem avec Jacques, Pierre, Jean et Paul (Ga 2 ; Ac 15)
54 à 68 : Néron empereur	54 à 57 : Paul à Éphèse : *1* et *2 Corinthiens ; Philippiens, Galates et Romains*
	Pentecôte 58 : arrestation de Paul
60 à 62 : Portius Festus procurateur	Automne 60 : Paul en appelle à César ; son transfert à Rome. *Philémon*
62 à 64 : Lucceius Albinus procurateur	En 62 : le grand-prêtre Anan fait lapider Jacques, le frère du Seigneur

19 juillet 64 : incendie de Rome	64 : Persécution des chrétiens
64 à 68 : Gessius Florus, procurateur	Entre 65 et 67 : martyre de Pierre et Paul à Rome
66 à 67 : Néron désigne Vespasien et son fils Titus pour rétablir l'ordre en Palestine	Septembre 66 : insurrection juive contre Rome
Avril 68 : Galba empereur ; juin 68, suicide de Néron	68 : destruction de Qumrân
	Vers l'an 70, écriture de l'*Évangile de Marc*
69-79 : Vespasien empereur	Pâque 70 : Titus investit Jérusalem
	29 août 70 : incendie du Temple
Fin 70 : La Judée devient province impériale	
Été 71 : triomphe de Vespasien à Rome. Arc de Titus	
73 Flavius Silva, légat de Judée	Pâque 73 : siège de Massada
79 à 81 : Titus empereur	Entre 80-90 : écriture de *Matthieu, Luc* et *Actes ; Colossiens et Éphésiens ; 1-2 Timothée et Tite ; 1 Pierre, etc.*
81-96 Domitien empereur	Vers 90 : l'*Évangile de Jean*
	Vers 95 : l'*Apocalypse*
	Vers 100-110 : *2 Pierre*

III. — La datation des écrits et la chronologie de Jésus

Ajoutons quelques remarques. La datation la plus solide est celle de la *Première lettre aux Thessaloniciens,* écrite par Paul en l'an 50 ou 51. Le point est sûr, en raison de la découverte d'une inscription trouvée à Delphes en 1905, mentionnant le nom du proconsul Gallion, le frère de Sénèque ; sa charge dura un an selon la coutume, en 51/52. Or, d'après Actes 18, 12, Paul devait comparaître devant lui à Corinthe, sans doute au printemps 52. Il venait d'écrire cette lettre. Le point est important au plan historique, car elle constitue le premier témoignage littéraire daté du Nouveau Testament. D'où, l'on peut constater que, vingt ans à peine après la mort de Jésus, le christianisme se référant à sa personne était déjà pleinement développé, en le désignant comme le Messie, le Fils de Dieu et le Seigneur. La datation attribuée aux autres écrits néotestamentaires est plus problématique. Selon saint Irénée (v. 130-208), Marc écrivit son évangile après le martyre de Pierre et de Paul lors de la persécution de Néron ; d'où cet évangile est généralement situé vers l'an 70 de notre ère. Matthieu et Luc se sont appuyés sur le texte de Marc dans la rédaction de leur récit, d'où leur datation approximative dans les années 85 environ ; la rédaction finale de Jean est déjà plus tardive. Les discussions restent vives sur ces sujets, sans toutefois avoir de grandes conséquences au plan historique. Des récits un peu plus éloignés des événements ne manquent pas toujours de valeur.

Les autres dates relèvent aussi d'une haute probabilité, voire d'une simple suggestion. Et cela pour les raisons suivantes :

1 / Les auteurs anciens ne s'intéressaient guère à la chronologie. Les œuvres historiques d'alors ramassaient plutôt les paroles et les événements du passé suivant un ordre surtout thématique. Il en est d'ailleurs ainsi chez Marc où, par exemple, les paraboles et les miracles de Jésus sont rassemblés en bloc (Mc 4, 1-34 et 4, 35 à 5, 43), comme si tout s'était passé en un moment. Ce qui veut dire que le déroulé « littéraire » des faits et gestes de Jésus n'appelle aucune conclusion immédiate d'ordre historique. En dehors du commencement de l'évangile portant sur le Baptiste et la fin sur Jésus à Jérusalem, la situation chronologique d'une parole ou d'un geste de Jésus demeure problématique. Au fait, chez Marc tout semblerait se dérouler en quelques semaines seulement. Alors que chez Jean, en raison de la fête juive de Pâque, trois fois mentionnée (Jn 2, 23 ; 6, 4 et 13, 1), le ministère de Jésus devrait durer deux ans au moins. En conséquence, beaucoup situent le début de ce

ministère vers l'an 27/28 de notre ère. Ajoutons une remarque annexe. Chez les synoptiques, l'ordonnance des matériaux par topique s'accompagne d'un rassemblement des données selon la topographie. Ainsi, chez Marc surtout, l'ensemble s'organise d'abord en Galilée (Mc 1, 16 à 8, 26), et particulièrement autour du lac de Tibériade, avant que Jésus ne monte de Césarée de Philippe à Jérusalem (Mc 8, 27 à 10, 52).

2 / La seconde raison est celle-ci : les gens du peuple ne connaissaient guère leur date de naissance, et l'inscription d'une date quelconque posait de singuliers problèmes alors qu'il n'existait pas encore de calendrier universel. On comptait les années à partir de l'intronisation d'un roi ou du pharaon, et les calendriers des règnes se chevauchaient. Par ailleurs, une année juive débutait lors de la nouvelle lune de septembre-octobre, et non pas au premier janvier. Au fait, il faut attendre le VIe siècle de notre ère, avant que le moine Denys le Petit ait calculé le début supposé de l'ère chrétienne en fonction du calendrier de Rome, et il s'est alors trompé de quatre ans au moins ! En effet, si Jésus est né un ou deux ans avant la mort d'Hérode le Grand (Mt 2, 16), ce dernier décéda à Jéricho en mars-avril de l'an 4 *avant* J.-C., selon le comput des années depuis la fondation de Rome. Or, la mention de la naissance de Jésus avant la mort d'Hérode est signalée par Matthieu et par Luc, deux évangélistes dont on peut prouver littérairement qu'ils ne se connaissaient pas entre eux. Quant à la date de la mort de Jésus, elle est solide, autour de l'an 30 de notre ère. Mais il est difficile de la préciser davantage, pour deux raisons : d'abord la chronologie suivie par Marc diffère de celle de Jean. Selon le premier, Jésus serait mort un vendredi, alors que venait de débuter la fête juive de Pâque avec le repas du soir du quatorze du mois de Nisan (la journée juive s'étend de la première étoile du soir à celle du lendemain). Selon le second, Jésus est mort le vendredi qui tomberait la veille de ce quatorze (Jn 19, 14). Il y a donc un jour de décalage entre les deux évangélistes. Souvent les spécialistes privilégient la date johannique et, faisant appel au calcul astro-

nomique (qui ne peut être juste que si on lui livre des paramètres exacts ; ce qui n'est pas le cas, en raison de l'entremêlement des anciens computs) ; la date du 7 avril de l'an 30 est alors proposée. Si la chronologie de Marc devait s'imposer, la date de la Pâque en l'an 31 serait préférable, et la mort de Jésus tomberait peut-être un 27 avril.

IV. — Les méthodes d'investigation

Comment « faire de l'histoire » en matière évangélique ? Sans doute faudrait-il d'abord dire comment ne pas la faire, avant d'exprimer quelques réflexions sur la manière de procéder en la circonstance. A la lecture ou à l'écoute d'un récit évangélique (et la réflexion vaut pour tous les textes dits historiques), le lecteur ou l'auditeur oublie en quelque sorte le récit entendu pour se projeter d'emblée au niveau même de l'événement, et en l'occurrence au niveau de Jésus qui déclare ceci ou fait cela. Par le biais du texte, perçu comme une glace translucide, il écoute la parole et revit l'événement ici raconté littérairement. Il se situe, disons, *dans* le texte, un peu, comme le spectateur face à sa télévision qui se projetterait dans l'action du film et entrerait dans la peau des personnages. La télévision est oubliée, de même que l'ouvrage du cinéaste qui a produit le film. Pourtant, dès que le spectateur s'ennuie par exemple, il reprend conscience de sa distance par rapport au film, et il s'interroge le cas échéant sur l'agencement des séquences. Il fait alors de l'exégèse. Et l'exégète devient historien quand il se demande quels éléments le cinéaste a su ramasser, trier et agencer de manière à produire son film racontant, par exemple, un épisode célèbre de l'histoire. Le film est bon, lorsqu'il rassemble en deux heures à peine une série d'événements bien vus, dans le creux d'une image synthétique et symbolique, à la fois. Le cinéaste et son spectateur en voient même beaucoup plus que n'importe lequel de ceux qui ont réellement vécu l'histoire en question, et leur récit filmé reste « vrai », du moins si le film historique est sérieux.

On appellera ici *historicisme* (le mot revêt de nombreux sens selon les auteurs) le fait de rester comme immergé *dans* le récit, sans prendre conscience de l'existence du texte et des multiples médiations littéraires, culturelles, sociales et communautaires qui l'ont porté jusqu'à nous. On se *retro-jette* alors dans l'histoire racontée littérairement, et comme elle ne nous convient pas toujours parfaitement on n'hésite pas à la rejouer à notre façon. Par exemple, comment croire encore à une traversée de la mer Rouge par Moïse? D'où, l'on imaginera une sécheresse préalable qui expliquerait l'affaire, sans même se poser la question du langage ici utilisé et celle de la fonction de ce récit. Le lecteur, comme plongé dans l'événement reconstruit par son esprit, oublie la distance considérable qui le sépare des faits littérairement rapportés. Il est sans recul critique, à la merci d'une interprétation anachronique ou psychologique. De là surgit le phénomène plus haut rapporté où Jésus change d'habits selon les temps et les lieux de ceux qui veulent en récupérer le souvenir à leur profit. En bref, une lecture dite *fondamentaliste* est celle qui refuse tout écart entre le récit raconté et ce qu'on désigne comme les réalités du passé. Une lecture fondamentaliste refuse même d'admettre des différences entre les quatre évangiles. Or, ils sont bien quatre, et non pas un seul, pour désigner les mêmes événements, sans qu'on puisse toujours en harmoniser les données. Ce nombre pluriel oblige à prendre de la distance à leur endroit, non pas pour les ruiner, mais pour mieux saisir la perspective propre à chacun, en fonction des exigences pastorales et missionnaires des églises d'où ils ont surgi. Inversement, on appelle *rationalisme*, en matière biblique du moins, le fait de récuser l'événement raconté pour en réinventer un autre à sa mesure (par exemple, selon Paulus au XVIIIe siècle, Jésus aurait dissimulé des pains, la veille de leur soi-disant multiplication). Tout peut être réinventé à notre convenance. C'est du fondamentalisme à l'envers, au même niveau d'une fausse immédiateté. Il importe donc de s'attacher aux textes tels qu'ils sont, pour en mesurer le langage, en dire la fonction propre et les situer dans le temps qui est leur, à l'aide d'un questionnement de type socio-historique.

Les quelques indications qui précèdent permettent déjà de saisir un récit évangélique, telle une image « réelle », littéraire et symbolique, à la fois. On constatera alors plus d'une fois combien les récits de nos « cinéastes » évangélistes, loin d'être sans valeur, sont plutôt comme trop gorgés d'histoire, tels des modèles types où s'impriment l'écho d'événements analogues. Nous en donnerons plus loin des exemples. Cela n'empêchera pas le travail historique, au contraire, mais cette fois en évaluant mieux le langage alors utilisé – et le langage sémitique n'est pas celui des héritiers du monde grec. Plus encore, il faudra mesurer exactement les différences entre les paroles et les gestes de Jésus, tels qu'ils sont répercutés à travers le prisme de chaque récit évangélique, et les paroles et gestes d'apparence analogue connus dans le monde hellénistique. L'historien de Jésus ne peut pas reconstruire une autre vie de Jésus, une vie de Jésus à sa manière ou à sa convenance. Il évalue seulement des situations en fonction du contexte ambiant et mesure des écarts entre Jésus et les hommes de son temps. L'historien n'est pas un dieu, qui pourrait en quelque sorte recréer l'histoire. Il ne peut que constater des différences, lorsque cela est possible – et cela est loin d'être toujours possible en raison même de la rareté et de fragilité de la documentation en cause. Les chapitres suivants exploiteront surtout ce critère de la dissimilarité ou de la différence, quitte à ramasser ensuite des données convergentes permettant de mieux viser ou désigner la figure de Jésus. Mais, au niveau d'un travail historien, une telle désignation ne sera toujours que relative et parcellaire, sans jamais prétendre saisir cette figure en son entier. Le mystère de Jésus, comme celui de tout homme, échappe au scalpel de l'historien. Ce qui n'empêche pas l'historien croyant de confesser hautement son Seigneur.

Chapitre II

LES COMMENCEMENTS

I. — Les récits d'enfance

Marc inaugure son évangile avec le baptême de Jean dit le baptiste, et l'évangéliste Jean fait de même ou presque (Jn 1, 19 ss). Ces deux évangiles ne possèdent pas de récit d'enfance de Jésus à la manière de Matthieu (Mt 1-2) ou de Luc (Lc 1-2). Leur rédaction est postérieure à celle de Marc. Le point peut étonner, tant nous sommes habitués à débuter une biographie en rapportant la naissance et l'enfance du héros. Mais les hommes d'autrefois, dans le monde sémitique en particulier, ne s'intéressaient guère au sujet. L'enfant était considéré comme sans valeur ou presque à l'époque, et il faudra une longue conversion du regard avant d'en faire le roi de la famille, à la manière italienne par exemple. Lorsque Jésus déclare aux siens : « Laissez venir à moi les petits enfants..., car le Royaume est à ceux qui sont comme eux » (Mc 10, 14), le mot n'appelle pas directement l'idée d'une mise en valeur de l'enfant, mais plutôt la pensée suivante : le règne de Dieu appartient désormais à ceux qui ne sont rien du tout ou se considèrent comme tels, et non pas aux soi-disant sages et puissants de ce monde. Bref, la première trame évangélique de Marc ne s'intéresse pas à la naissance et à l'enfance de Jésus. Car il importait d'abord de confesser la résurrection du crucifié de Jérusalem, puis, de rassembler ses paroles et le souvenir de ses gestes, sans trop se perdre dans l'écriture enjolivée des temps de son enfance. Au fait,

Paul, notre premier témoin littéraire, n'en parle pas, sinon en deux allusions : l'une, sur Jésus « né d'une femme » (Ga 4, 4) et l'autre, sur l'origine de Jésus « issu selon la chair de la semence de David » (Rm 1, 3). De son côté, Marc se contente de relever le nom de Marie (Mc 6, 3), accompagné de celui des frères et des sœurs de Jésus (Mc 6, 3). Ces dernières indications peuvent être prises au sens large d'après la tradition catholique et grecque orthodoxe, dans le cadre d'une famille à l'orientale où les cousins s'appelaient frères et sœurs (le mot *cousin* n'existe pas en araméen). Quant à l'évangéliste Jean, il mentionne seulement Joseph et la mère de Jésus (Jn 1, 45 ; 6, 42). Comme on voit, les renseignements sont discrets.

Mais, une ou deux décennies après Marc, à Antioche ou dans un milieu grec, les récits d'enfance de Matthieu et de Luc viendront combler ce vide. Encore sont-ils largement différents l'un de l'autre. On remarquera d'abord combien la langue et le style de ces récits diffèrent des autres récits et discours lus dans la suite de la trame évangélique. Les récits d'enfance sont d'une autre écriture que celle des traditions synthétiques et dépouillées portant sur le ministère de Jésus. Leur langue, pleine de poésie et d'images, veut d'emblée signifier qui est Jésus en son identité profonde : il est le Messie, le fils de David et le Fils de Dieu. Tout est dit, comme à l'avance, avant le déploiement de la trame évangélique qui, à l'origine, s'étalait seulement de Jean le baptiste à la croix du Ressuscité (Ac 1, 22 ; 10, 37). On comprend la prudence exégétique en matière historique touchant cette préface narrative dont la plume déborde de couleurs.

Un point intrigue, toutefois. Les évangélistes Matthieu et Luc ne se connaissaient pas, et leurs récits d'enfance sont singulièrement différents l'un de l'autre. Pourtant, en deçà de ces divergences, plusieurs éléments les rapprochent quand même. Sans doute les deux évangélistes ont-ils repris, chacun à leur manière, quelques anciennes traditions d'origine judéo-chrétienne, mais sans qu'on puisse en évaluer historiquement le poids. Matthieu s'intéresse d'abord à la figure de Joseph, inscrit dans la généalogie des fils de David, et cela dans une ligne hautement messianique : Jésus est bien le messie d'Israël, le fils de David attendu. De son côté, Luc s'intéresse surtout à la personne de Marie, en sorte que l'enfantement virginal de Jésus manifeste éminemment qu'il est le Fils de Dieu jusqu'au plus profond de son être. Devant ce type de récits, l'historien n'est plus à même d'exprimer un jugement dûment vérifié. Leur écriture poétique et théologique, à la fois, ne permet guère d'en jauger le poids historique, ce qui ne signifie pas qu'il faille en récuser *a priori* l'intérêt. Car la différence même entre ces deux traditions, indépendantes l'une de l'autre, donne pour une part valeur aux rares éléments qu'elles ont en commun.

Les concordances portent sur les points suivants : une vierge, nommée Marie fut mariée à Joseph, fils de David (Mt 1, 16.18.20 et Lc 1, 27 ; 2, 4). L'ange du Seigneur lui annonça la venue de Jésus, son nom et la mission de l'enfant sauveur, fils de David (Mt 1, 18 s ; Lc 1, 26 s. 32). Marie conçut du Saint-Esprit (Mt 1, 18-20 ; Lc 1, 26-38). Avant de mener vie commune avec Joseph (Mt 1, 18.24 s ; Lc 1, 27), elle enfanta Jésus au temps d'Hérode (Mt 2, 1 ; Lc 1, 5) à Bethlehem en Judée (Mt 2, 5-8 et Lc 2, 4 s. 11). Enfin, ils s'installèrent à Nazareth (Mt 2, 23 ; Lc 2, 39). Certes, l'historien peut apprécier diversement ces indications, mêlant des données de l'histoire aux premières convictions de la foi. Mais il doit au moins admettre qu'elles relèvent d'une tradition enracinée dans le tout premier judéo-christianisme. Cette ancienne tradition devait particulièrement souligner l'insertion de Jésus dans la lignée davidique, et Paul la répercute aussi (Rm 1, 3). Le point aura son importance dans le cadre d'un certain judéo-christianisme très virulent en matière messianique, ce qui ne sera pas le cas de tous les milieux chrétiens. Il n'est pas pour autant possible de vérifier la justesse de toutes ces indications généalogiques (Hérode le Grand avait fait brûler les archives juives pour éviter ce genre de prétention !). La mention de Bethlehem est reprise aussi dans Jn 7, 42, ce qui en valorise le poids, même s'il est difficile en la circonstance de faire le tri entre l'histoire et, disons, la légende – au sens ancien de ce mot désignant ce qui est rapporté oralement ou lu dans les communautés. De toute façon, l'habitat de Jésus à Nazareth, en Galilée, est sûr (Mc 1, 9 ; Jn 1, 45). Cela dit, ces renseignements, même qualifiés comme importants et authentiques, n'en demeurent pas moins seconds par rapport aux données qui vont suivre. La foi chrétienne s'enracine dans l'événement de la Croix du Ressuscité, et non pas dans l'histoire de son enfance.

Ajoutons une dernière remarque. Le motif de l'enfantement virginal de Jésus, appelé aussi « conception virginale » de Marie, échappe évidemment au regard de l'historien. Nous touchons là cependant à une conviction qui apparut très tôt dans les différents milieux chrétiens des origines. Or, l'historien n'a pas seulement à relever des faits, mais aussi à suivre l'histoire des idées. Une telle conviction, très tôt émise, exprime l'idée d'un engagement radical de Dieu dans l'existence même de Jésus. Sans doute peut-elle s'exprimer de diverses façons, à l'aide de langages différents : ainsi, à la manière de Matthieu, sous le couvert d'une filiation adoptive de Jésus, acceptée par Joseph ; à la manière de Luc, dans l'emprise souveraine de l'Esprit ; à la manière de Paul, déclarant hautement combien Jésus est dès l'abord à considérer comme le Fils de Celui qu'il nommait son Père (Rm 1, 3-4) ; sans oublier l'évangéliste Jean qui, dans un autre langage encore, en appellera d'emblée au *Verbe* de Dieu, c'est-à-dire à la souveraine Parole de Dieu, maintenant incarnée en Jésus (Jn 1, 1). La différence de ces langages démontre à sa manière l'antiquité du motif radical qui les inspire tous, en désignant Jésus dans son indicible proximité avec Dieu.

II. — Jean le Baptiste et Jésus

Ces quelques remarques sur les récits d'enfance étant faites, nous en arrivons maintenant au début de la plus ancienne catéchèse judéo-chrétienne, reflétée en particulier par Marc. Son évangile commence par évoquer la figure de Jean le baptiste pour mieux situer ensuite Jésus au départ de son activité. Ces deux figures sont distinctes l'une de l'autre, et cependant en lien étroit. Ce lien et cette différence permettront de poser un jugement historique précis à leur propos.

Selon les évangiles synoptiques (Mc 1, 9), Jésus a été baptisé dans l'eau du Jourdain par Jean surnommé le baptiste. Quel est cet homme, et le sens de son geste ? De quelle manière prépare-t-il ou inaugure-t-il l'action de libération ou de salut de Jésus, et donc son ministère ? Par ce geste d'eau, plutôt étrange à l'époque, Jean baptise et réunit autour de lui un groupe de disciples. Ce groupe est plusieurs fois signalé par les évangélistes, ainsi, chez Marc (2, 18, sur le jeûne des « disciples de Jean » ; 6, 29) et chez Matthieu (11, 2). Le fait est confirmé par l'historien Flavius Josèphe dans le texte qui sera lu plus loin. Jésus lui-même et quelques-uns de ses futurs disciples (Jn 1, 35 s) relevaient d'ailleurs de ce milieu baptiste, avant que le Nazaréen ne constitue son propre groupe.

Le Baptiste exerçait son activité sur les bords du Jourdain, d'aspect plutôt désertique, en un lieu dit Béthanie, situé juste au-delà du Jourdain (Jn 1, 28), avant de se rendre à Aenon de Salim, en Samarie (Jn 3, 23). Jésus baptisera à son tour et rassemblera des disciples, avant de se rendre en Judée, puis, de cesser bientôt de pratiquer ce geste d'eau. Ces derniers renseignements, absents chez Marc, sont rapportés dans l'évangile de Jean : « Jésus se rendit en Judée... et il baptisait » (Jn 3, 22). Des disciples du Baptiste vinrent alors trouver Jean, en disant : « Rabbi, celui qui était avec toi au-delà du Jourdain, voici qu'il se met aussi à baptiser et tous vont vers lui » (3, 26). L'évangéliste précise ensuite : « Jésus faisait plus de disciples et en baptisait plus que Jean » (4, 1), quitte à ajouter cette curieuse incise « Cependant Jésus ne baptisait pas, mais ses disciples » (v. 2). Les récits synoptiques ne mentionnent jamais une activité baptismale de Jésus, en concurrence avec celle du Baptiste. D'emblée, le Baptiste est désigné comme le précurseur, celui qui prépare le chemin de Jésus. Il devient le témoin de « celui qui vient après moi» (Mc 1, 7). Car le disciple, celui qui «vient après» comme on disait à l'époque, dépasse maintenant le maître. Plus étonnant encore, Jésus ne baptisera bientôt plus. Dans les évangiles il ne sera même plus question d'un baptême pratiqué par les disciples au cours du ministère de Jésus. Dans ses consignes données aux apôtres envoyés en mission, le geste d'eau semble ignoré (Mc 6, 6-13). Il sera repris seulement plus tard, dans les communautés chrétiennes d'après Pâques. Au plan historique, la question est donc celle-ci : Pourquoi Jésus s'est-il scindé du groupe baptiste, en rassemblant ses propres disciples et, finalement, en abandonnant la pratique de ce geste d'eau ? Qu'est-ce qui est alors en jeu ?

Il importe donc de saisir la particularité de ce geste, dans sa différence avec les nombreuses ablutions d'eau rituelles, largement pratiquées dans le monde hellénistique, disons païen, et plus encore en Israël, surtout dans les milieux juifs les plus fervents de ce temps. Jusqu'à quel point Jean était-il l'initiateur de cette pratique, alors que les esséniens aussi usaient largement des rites d'eaux, sans parler des groupes baptistes, non chrétiens, connus au moins jusqu'au IIIe siècle de notre ère ?

Commençons par lire un texte tiré des *Antiquités juives,* écrit en l'an 94 environ par Josèphe. Il porte sur «Jean dit le Baptiste», car l'historien juif connaît aussi le surnom provoqué par ce geste étonnant. En voici le texte : «Hérode (Antipas), l'avait fait tuer, quoique ce fût un homme de bien et qu'il excitât les Juifs... à être justes les uns envers les autres et pieux envers Dieu, et à aller ensemble au baptême, car c'est à cette condition que Dieu considérait le baptême comme agréable, s'il servait non pour se faire pardonner certaines fautes, mais pour purifier le corps, après qu'on eut préalablement purifié l'âme par la justice. Certains s'étaient rassemblés autour de lui, car ils étaient très exaltés en l'entendant parler. Hérode craignait qu'une telle faculté de persuader ne suscitât une révolte. Il aima mieux s'emparer de lui avant que quelque trouble ne se produisît... Jean fut envoyé à Machéronte, la forteresse (au nord-est de la mer Morte), et y fut tué» (livre XVIII, § 116-119). Le meurtre du Baptiste eut lieu vers l'an 28, deux ou trois ans à peine avant la mort de Jésus. Comme on voit, l'histoire est sensiblement différente de celle racontée par Marc sur la décapitation de Jean à l'instigation d'Hérodiade (6, 17-29). Josèphe relève le surnom du Baptiste, souligne son geste étrange qui n'efface pas seulement quelques fautes d'ordre rituel, mais atteint l'homme dans sa profondeur à la condition de se convertir intérieurement. Il dit aussi que le geste d'eau provoque le rassemblement de ceux qui l'écoutent et reçoivent le baptême, au point d'amener Hérode Antipas à craindre une émeute populaire, et donc à parer à l'avance au danger. D'ordinaire, un sophiste ou un professeur de morale n'ont guère un tel succès. Encore faut-il exactement situer ce geste d'eau, accompli à la manière d'Élisée, le disciple d'Élie (*2 Rois* 5, 14), et en mesurer effectivement la virulence dans un contexte de turbulence prophétique qui se développera à partir de la rude prédication du Baptiste (Lc 3, 7-14). Nous aborderons plus loin, au chapitre V, la question de ces prophètes ou de ces « faux prophètes » de violence et de ces « faux messies » (Mc 13, 22) qui déferlèrent en Judée jusqu'en l'an 70 de notre ère. Mais Hérode pouvait déjà s'inquiéter de ce déferlement prophétique, et Jésus lui-même en sera atteint (Lc 13, 31 s). Pour l'instant, revenons au geste baptiste dans sa singularité.

Les ablutions rituelles ou des bains de pureté étaient largement connus et pratiqués au Iᵉʳ siècle de notre ère, en Israël entre autres. Ils n'avaient pas de signification directement morale. Car il s'agissait surtout, à l'aide de ce rite, de marquer une transition, à savoir le passage du monde profane au domaine du sacré, avant de fouler les parvis du Temple par exemple ; et, inversement, lors de la réintégration dans le monde. Les textes de l'Écriture mentionnent ces rites de pureté rituelle qui s'appliquaient d'abord aux prêtres et aux lévites, avant et après leur service au Temple (*Lévitique* 16, 24-26 ; *2 Chroniques* 4, 2-6). Toutefois, la coutume s'étendit progressivement à tous les fils d'Israël, à la suite du contact avec un cadavre par exemple (*Lévitique* 22, 4-7), avant un repas et l'usage d'une coupe, d'une cruche et d'un plat (Mc 7, 4). Tout ou presque devait être purifié, et continuellement. Au Ier siècle, la coutume se généralisa plus encore, en raison d'une conviction largement répandue à l'époque, à savoir que tous les fils d'Israël étaient à considérer comme des prêtres, selon la parole de Dieu lue dans l'*Exode* : « Vous serez pour moi un royaume de prêtres » (19, 6). Dès lors, chaque juif pieux se devait de pratiquer ces gestes dans quelques bassins d'eau pure, dits *miqwot*, avant de se rendre au Temple ou à la synagogue, ou tout simplement après avoir touché une chose ou une personne, ayant été en contact avec un cadavre ou des païens. A tout moment ce genre de contact pouvait se produire, y compris par inadvertance.

Or, tous les Juifs, et particulièrement ceux qu'on appelait « le peuple du pays », n'arrivaient guère à suivre ces multiples prescriptions rituelles, en sorte qu'aux yeux des « justes » ils se trouvaient le plus souvent en état d'impureté rituelle. Parmi eux, certains, appelés « pécheurs », tels les bouchers, les médecins, les gens du voyage, les prostituées ou les douaniers à la manière du Lévi dont parle Marc (2, 13-17), demeuraient toujours en l'état d'impureté rituelle. Et cela, en raison même de leur profession qui les mettait en contact avec des os impurs, des morts et des étrangers. A l'inverse, de petites confréries de pureté rituelle, dites pharisiennes ou « séparées », tenaient le plus grand compte de ces prescriptions reprises scrupuleusement de la Loi de Moïse, tant leur idéal de perfection était grand. Car il s'agissait de vivre dans la sainteté la plus entière, en donnant à ce dernier mot la connotation de séparation qu'il avait à l'époque. De leur côté, les esséniens, ceux de Qumrân entre autres, étaient plus exigeants encore que les pharisiens. Chez eux, les bains de pureté se multipliaient dans ces bassins retrouvés lors de fouilles de l'École archéologique française de Jérusalem. Le souci d'une extrême pureté rituelle les enfermait en quelque sorte sur eux-mêmes, sans contact avec les païens particulièrement honnis, et même sans aucun lien avec les

Juifs qui ne relevaient pas de leur obédience. Tous les autres étaient considérés par eux comme souillés. Au sein de leur groupe, des degrés plus ou moins hauts de pureté rituelle les divisaient même entre eux. Ce qui manifeste combien ces rites de pureté, présentés comme un idéal religieux, en arrivèrent bientôt à fragmenter la société religieuse d'alors. Comme le déclare Josèphe, le souci d'éviter tout contact impur en arrivait au point que, dans les rues étroites de Jérusalem, les gens se gardaient d'effleurer le passant.

Or, Jean le baptiste devait user aussi de rites d'eau, mais en donnant alors à ce geste un autre sens. Et Jésus lui-même s'attaquera, plus ou moins directement selon le cas, à ces rites de pureté rituelle. Selon Marc, l'attitude de Jésus paraît même extrême : « Ce qui sort de l'homme (de son cœur), c'est cela qui le rend impur » (Mc 7, 20), et non pas quelque contact ou des nourritures dites impures. Toutefois, la distinction entre les animaux purs et impurs, tel le porc, s'enracine dans l'Écriture (*Lévitique* 11). Jésus irait-il donc contre la Loi de Moïse, c'est-à-dire contre la révélation divine ? L'évangéliste judéo-chrétien Matthieu semble plus prudent en la circonstance, en rappelant quand même combien Jésus a su se mettre à distance de ce genre de pratiques (Mt 15, 10-20). Jésus est juif, et il en accepte les usages, y compris en portant des franges à son manteau (Mt 9, 20). Il lui arrive même de manger avec des pharisiens, en respectant alors les prescriptions alimentaires (Lc 7, 36 s), et, en même temps, sa liberté paraît extrême à l'endroit de ces ablutions rituelles (Lc 11, 37 s). Il ne les condamne pas, mais il les dévalue singulièrement. Il les situe autrement, par rapport à un autre impératif, moral, plus intérieur.

Au plan historique, ces premières remarques ont déjà une importance décisive. Jésus n'hésitait pas à aller à l'encontre de l'idéal de pureté lévitique ou sacerdotale qui animait les scribes et les hommes religieux les plus valables de son temps. Il refuse de se plier, au moins en partie, à des règles de pureté rituelle qui divisaient alors la société. Car ces ablutions, distinguant le pur de l'impur, aboutissaient en fait à séparer les Juifs entre eux, et particulièrement les «justes» des «pécheurs», au sens social et religieux de ces mots à l'époque. Par son message et le comportement religieux qu'il entend instaurer il cherche délibérément à atteindre le peuple des petits, des pauvres et des impurs, bref, «le peuple du pays». Sa religion, c'est-à-dire le lien à instaurer entre Dieu et l'homme, se veut plus immédiate, sinon populaire, à la disposition de tous. Jésus n'entre pas dans le jeu des castes de son temps, regroupant les élites intellectuelles et religieuses. Il en arrive même à déclarer l'objet de sa mission, en disant: «Je suis venu non pas appeler les justes, mais les pécheurs» (Mc 2, 17), en donnant toujours à ces mots la connotation susdite. Plus tard, Luc qui s'adressait à des grecs peu au fait de toutes ces pratiques rituelles devait reprendre les mêmes mots, mais en leur infusant alors un contenu moral: Je suis venu appeler non pas les soi-disant justes, mais ceux qui reconnaissent leur péché devant Dieu (Lc 5, 32). Ainsi, le lien avec Dieu, c'est-à-dire la religion, devient accessible aux plus démunis. Plus encore, Jésus osera introduire parmi ses disciples un péager (un publicain) de Capharnaüm, la ville frontière du Nord. Le douanier Lévi, appelé aussi Matthieu (Mc 2, 14; Mt 9, 9), était un «pécheur». Ce qui veut dire que le propre groupe de Jésus, loin d'être un groupe de purs ou de pharisiens, s'inscrivait comme lui-même, à l'envers d'une idéologie lévitique de sainteté.

La remarque qui précède vaut plus encore à l'encontre des sectaires esséniens de la Nouvelle Alliance. Car ces derniers, plus que les pharisiens, étaient soucieux jusqu'à l'extrême d'une telle pureté rituelle. Ils s'attaquaient farouchement aux autres Juifs et aux prêtres de Jérusalem, considérés par eux comme souillés et pervertis. Leur haine à l'endroit des païens était virulente. Ainsi, lisant le prophète Isaïe dont l'esprit est largement universaliste et ouvert aux gens des Nations (Is 56 et 60), ils en arrivaient dans leur commentaire à faire dire à ces textes le contraire de ce qu'ils affirment. A leur yeux, l'étranger est par excellence un impur.

Or, Jésus fera exactement l'inverse, ce qui empêche de le classer parmi les esséniens. Il circule beaucoup, contacte des pécheurs, des lépreux dont la souillure est répugnante (Mc 1, 40-45), des païens possédés d'un esprit impur (5, 1-20) et même des femmes à la réputation douteuse ou rituellement impures (Lc 7, 37 s ; 8, 43). Le milieu populaire, artisan et paysan, qui est le sien est aux antipodes de ces élites religieuses à la recherche d'une sainteté rituelle dans l'isolement le plus entier. Les esséniens fuyaient le monde et s'isolaient à Qumrân ou aux abords des villes. L'écart entre eux et Jésus paraît donc considérable. Ils ne sont même pas nommés dans les évangiles, et peu aussi dans l'ancienne littérature juive en dehors de Qumrân. Certes, Jésus et les esséniens en appellent chacun à l'instauration d'une « nouvelle alliance », c'est-à-dire d'un lien nouveau avec Dieu comme l'annonçait le prophète Jérémie (31, 31). Mais il y a bien des manières d'en tisser le contenu, et c'est finalement une autre image de Dieu qui s'exprime de part et d'autre. Après Pâques cependant, une certaine influence essénienne s'exercera sur des communautés johanniques en particulier, c'est-à-dire chez des judéo-chrétiens qui se situaient dans le sillage de Jean l'évangéliste. Des esséniens ont sans doute été récupérés dans quelques églises d'obédience paulinienne. Du moins, comme à Qumrân, on retrouve chez Jean l'évangéliste des expressions ou des motifs de type dualiste, opposant les ténèbres aux « fils de lumière » (Jn 12, 36). Quelques éléments, actuellement engrangés dans les lettres pauliniennes (2 Co 6, 14 à 7, 1), peuvent aussi en porter l'écho. L'influence de l'essénisme sur le premier christianisme n'est donc pas à minimiser, même si au départ la contradiction paraît entière entre Jésus et ce type de religion.

Les attaches de Jésus avec le milieu pharisien semblent fortes, au contraire. Les scribes de l'époque, dans le contexte des synagogues entre autres, cherchaient davantage le contact avec le peuple, et ils étaient plus ouverts aux gens des Nations. Jésus les accusait même d'être parfois un peu trop « prosélytes » (Mt 23, 15), mais en fait il fera de même, du moins si l'on garde au mot prosélytisme le sens qu'il avait à l'époque, à savoir celui de laisser venir à soi les étrangers qui acceptent la foi monothéiste, et non pas celui de les séduire frauduleusement. Par ailleurs, nous l'avons déjà évoqué, plusieurs points communs unissent Jésus et les pharisiens, par exemple cette même insistance sur les motifs de la providence divine et de la résurrection des morts. Ce qui n'empêchera pas Jésus de les contrer fortement (Mt 23). Mais avant d'accuser ces différences, portons à nouveau l'attention sur le geste du Baptiste.

Jean et Jésus ont d'abord baptisé sur les bords du Jourdain, donc relativement près de Qumrân. Ne faut-il donc pas, par-delà l'écart radical évoqué plus haut, accepter quand même un certain lien entre les esséniens et ces deux baptistes ? On ne saurait toutefois sombrer ici dans l'imaginaire, à la manière de ceux qui voudraient que Jean ou Jésus aient d'abord fréquenté Qumrân, comme novices ! Des suppositions de ce genre, qui n'ont aucun support dans les textes, égarent le lecteur, sans nullement construire un discours historien. Précisons quelque peu le dossier, car il touche, cette fois, à la nature particulière du geste d'eau promu par Jean. Le Baptiste instaure, en effet, un lien entre le pardon des péchés et le rite d'eau qu'il propose à tous, et cela, même à des soldats qui n'étaient pas juifs à l'époque (Lc 3, 14). Comme nous l'avons lu plus haut, Flavius Josèphe relevait déjà ce point, à ses yeux étonnant. Tous accourent, à la recherche d'un salut qui les empoigne en totalité, sans nullement céder à la magie. Chez le Baptiste, le geste d'immersion dans l'eau, littéralement ce « plongeon », est lié au motif du pardon des péchés par Dieu. L'eau vise ce pardon, et le geste baptiste appelle déjà le salut des temps derniers du Règne de Dieu (ou « des Cieux ») : « Convertissez-vous, le Règne des cieux est là proche », proclame Jean selon Matthieu, et Jésus reprendra le même message de base (Mt 3, 2 et 4, 17). Certes, le pardon ne s'opère pas magiquement. La conversion du cœur en reste le nécessaire préalable. L'évangéliste Marc souligne fortement ces points : « Jean le Baptiste parut dans le désert (du Jourdain), proclamant un baptême de conversion en vue du pardon des péchés» (Mc 1, 4). Les gens accourent, «ils se faisaient baptiser par lui dans le Jourdain en confessant leurs péchés» (v. 5). Plus loin, Jean s'écrie: «Je vous baptise dans l'eau, mais lui vous baptisera d'Esprit saint» (v. 8). Toutes ces expressions ont un sens précis, quasi technique, dans le contexte juif de l'époque. Il faut donc en jauger exactement la valeur.

Déjà les prophètes d'Israël savaient utiliser l'image de l'eau pour signifier une purification intérieure, d'abord atteinte par le cœur: «Lavez-vous, purifiez-vous» (*Isaïe* 1, 16). Selon Ezéchiel, Dieu annonce au peuple d'Israël: «Je répandrai sur vous une eau pure et vous serez purifiés» (36, 25). Mais ce ne sont là que des images, alors que Jean et les siens vont en quelque sorte en réifier le contenu et transformer le geste d'eau en lieu du pardon de Dieu. L'eau de cette immersion ou de ce baptême (ce dernier mot est plutôt nouveau à l'époque) est maintenant reliée étroitement au pardon de Dieu, et donc au salut. Mais alors, le geste devient révolutionnaire. Car seul le Temple et ses sacrifices prétendaient jusque-là distribuer le pardon de Dieu. Les «sacrifices pour le péché», offerts au Temple ou encore le Jour du Pardon *(Kippour)* célébré le dix du mois lunaire de *tishri* (septembre-octobre), portaient concrètement le salut de Dieu. Si donc le Baptiste instaurait un nouveau geste d'eau, en lien direct avec le pardon du péché, cette immersion concurrençait par le fait même les gestes du Temple. Et, cette fois, le salut était largement distribué à tous, et non plus réservé à quelques-uns, pour certaines fautes (rituelles) seulement. Ainsi ce geste dans l'eau vive du Jourdain, c'est-à-dire un fleuve considéré plutôt comme impur, rivalisait-il avec les ablutions de pureté qui ne cessaient de se multiplier parmi les justes des mouvements religieux de l'époque.

Plus tard, des disciples du Baptiste continuèrent cette pratique, tels ces gens qui, tout en reconnaissant Jésus, n'en continuaient pas moins de recevoir le baptême de Jean; il en est question dans les *Actes des Apôtres* à propos d'Apollos (18, 24 à 19, 6). Au IIe siècle encore, la littérature rabbinique continue de mentionner ces « baptistes du matin », en controverse avec des pharisiens (*Tosefta Yadaïm* 2, 20). Et jusqu'à nos jours, du moins jusqu'à la récente guerre entre l'Iraq et l'Iran qui les a décimés, un groupe de Mandéens, se déclarant disciples du Baptiste, continuaient de pratiquer un baptême d'eau dans l'Euphrate, nommé par eux « le Jourdain ». Chez eux aussi le lien entre l'eau et l'effacement du péché, à la fois corporel et spirituel, était particulièrement souligné.

Mais revenons à l'essentiel du débat au Ier siècle de notre ère et en milieu essénien. Les sectaires de l'Alliance à Qumrân n'hésitaient pas à opérer aussi un certain lien entre l'eau des ablutions rituelles, l'Esprit et le pardon du péché, tout cela, accompagné d'une conversion intérieure. Lisons deux extraits repris de la *Règle communautaire* qui les régissait : « C'est par l'Esprit de sainteté en vue d'une vie communautaire dans Sa vérité, qu'il *(l'essénien)* sera purifié de toutes ses iniquités, et c'est par un esprit de droiture et d'humilité que sera expié son péché, et c'est par l'humilité de son âme à l'égard de tous les préceptes de Dieu, que sera purifiée sa chair, quand on l'aspergera avec l'eau lustrale et qu'il se sanctifiera dans l'eau de contrition » (*1QS* III, 7-9). Et, « Il aspergera sur lui l'Esprit de fidélité comme de l'eau lustrale pour ôter toutes les abominations mensongères (*1QS* IV, 20). L'eau lustrale, mêlant l'eau à l'hysope et aux cendres de la Vache Rousse (*Nombres* 19, 1-22), est ici reliée à un certain pardon du péché, à la condition d'être accompagné de la conversion du cœur. Mais c'est finalement l'Esprit, dont le rôle est important à Qumrân, qui opère une purification authentique.

Se pose alors la question d'un certain lien entre Qumrân et Jésus ou les siens. Sans doute au sein des premières communautés devait-on pour une part opposer un « baptême d'eau » à la manière de Jean et le « baptême d'Esprit », comme il est dit en Marc, quand il rapporte les paroles du Baptiste : « Moi, je vous ai baptisés dans l'eau, mais lui vous baptisera d'Esprit saint » (1, 8). L'eau s'oppose alors à l'Esprit. Et il faudra un certain temps avant de les réconcilier. Car Jésus s'écarte en fait de l'eau, sans plus baptiser. Plus encore, le salut dans l'Esprit, c'est-à-dire le pardon venant en direct du souffle de Dieu (l'Esprit désigne d'abord le souffle et la force active du salut de Dieu), passe désormais par la personne et l'action de Jésus. Jésus reçoit souverainement l'Esprit (Mc 1, 9-11). Plus tard seulement, les communautés chrétiennes d'après Pâques reprendront la pratique de ce geste d'eau, en le reliant progressivement à la réception de l'Esprit (Ac 2, 38 ; 19, 1-6). Mais auparavant Jésus devait pourtant l'abandonner, d'une manière hautement significative, tant le pardon de Dieu, et donc aussi l'introduction aux temps derniers du salut et du règne de Dieu, ne passait plus désormais par quelque geste d'eau que ce soit, mais par sa propre personne. L'eau ne pardonne plus, et Jésus monopolise en quelque sorte l'Esprit. Plus tard, Paul déclarera que l'eau, en tant que telle, ne pardonne plus, mais seulement la croix du Ressuscité (Rm 6, 3 s).

Ainsi donc, au plan historique et religieux, Jésus se situe désormais à distance de Jean le Baptiste, et non moins aussi, sinon plus encore, loin des esséniens de son temps. A chaque fois assurément, il y a lien et distance entre eux, entre l'eau vive du Jourdain et l'eau lustrale (rituelle) des esséniens, entre l'eau du Baptiste et l'Esprit de Jésus, entre cet Esprit attaché désormais à la personne de Jésus et l'Esprit qui sourd des gestes rituels esséniens. Car Jésus se désigne lui-même comme le lieu du pardon de Dieu, sans l'entremise de l'eau. La médiation de l'eau devient inutile. Ce qui n'empêchera pas les communautés judéo-chrétiennes de désigner plus tard le Baptiste comme le précurseur, l'annonciateur de Jésus. Tant, selon eux, le geste du Baptiste venait d'atteindre sa plénitude dans la personne et l'action de Jésus. Car celui-ci s'adjugeait le droit incroyable de pardonner le péché, alors même que Dieu seul peut le faire (Mc 2, 7). Une telle revendication de pouvoir de la part de Jésus, en lien avec son abandon du geste baptiste, pose crûment l'énigme historique de sa personne. Par ailleurs, l'écart est plus considérable encore entre Jésus et les esséniens, tant ces derniers et Jésus s'adjugent le monopole de l'Esprit, mais en sens contraire. Les esséniens l'annexent en quelque sorte ou se le réservent au sein d'une communauté de purs qui refuse tout contact avec l'autre. C'est un Esprit qui les enferme plus encore sur eux-mêmes dans l'assurance péremptoire de leur propre salut. De son côté, Jésus est désigné par les siens comme le réceptacle de l'Esprit, mais cette fois dans le cadre d'une action de salut ouvert aux gens les moins religieux de son temps, voire aux gens des Nations, dits *craignant-Dieu* (Mt 8, 5 s ; Jn 12, 20).

Sans doute ce dernier point pourrait faire l'objet d'une discussion. En effet, Jésus déclare fortement : « Je n'ai été envoyé qu'aux brebis perdues de la maison d'Israël » (Mt 15, 24), ou, d'une manière plus radicale encore, il dit aux siens : « Ne prenez pas le chemin des païens et n'entrez pas dans une ville des samaritains » (Mt 10, 5). Et en même temps il habite Capharnaüm, c'est-à-dire à la frontière ou presque ; il fréquente les cités du Nord et passe même de l'autre côté, dans le pays des cochons impurs (Mc 5, 1 ss). Ce qui signifie au plan historique que Jésus vivait intensément la tension qui traversait alors les Juifs de son temps, entre le Peuple élu et les Nations. Or là encore, comme pour les rites de pureté ou les coutumes de son temps, il ne se coupe pas de son propre peuple, mais il garde son entière judéité et déclare toujours la priorité d'Israël. Et en même temps, tout semble être appréhendé d'une autre manière, avec un autre regard. Cette sorte d'ambiguïté latente apparaît comme une constante du personnage de Jésus, pour ouvrir l'autre à de nouvelles perspectives. Son action devient une parabole.

Sur un point cependant le personnage de Jésus n'a rien d'ambigu et peut d'emblée surprendre. Jésus ne se distingue pas par son vêtement, à la manière du Baptiste étrangement vêtu comme le prophète Élie (Mc 1, 6 ; *2 Rois* 1, 8). Il quitte le désert du Jourdain pour rejoindre le peuple des petits. Il n'est même pas un *nazir*, c'est-à-dire un consacré à Dieu, ne buvant ni vin ni liqueur fermentée (Lc 1, 15 ; *Nombres* 6, 2). Et il mange de la viande, alors que le Baptiste se contentait de ces sauterelles qui, à l'époque, n'étaient pas considérées comme de la viande. D'où, ce mot cinglant qui l'oppose au Baptiste selon certains : « Voilà un glouton et un ivrogne, un ami des collecteurs d'impôts et des pécheurs ! » (Mt 11, 18-19). Le mot traduit ici par glouton signifie en fait un « dévoreur de viande ». Le point semble anodin, mais il faut remarquer que Jésus n'offre pas de sacrifices au Temple et ne participe jamais aux repas cultuels distribuant les viandes pures des « sacrifices de communion ». Ces repas existaient pourtant bien, mais il n'en mange pas – ce qui souligne l'écart entre le Temple et lui. Par ailleurs, il boit du vin. Or, à l'époque, la viande et le vin étaient les signes distinctifs de la fête. Mais de quelle fête s'agit-il alors ? Une fête hors du Temple, la fête d'un règne de Dieu en train de mûrir.

Chapitre III

UNE PAROLE NOUVELLE

L'un des plus anciens titres donnés à Jésus par son entourage ou la foule est celui de prophète (Mt 21, 11.46). Le mot est à comprendre en fonction du sens qu'on lui donnait à l'époque, à savoir celui d'un porte-parole de Dieu, divinement autorisé. Non pas d'abord, une parole concernant l'avenir, mais une parole qui touche d'emblée le comportement à avoir aujourd'hui devant Dieu et les hommes. Les anciens prophètes d'Israël, tel Amos, Isaïe ou Jérémie, aux VIIe et VIe siècles avant notre ère, répercutaient les oracles ou les paroles de Dieu, adressés à leurs contemporains: «Ainsi parle le Seigneur» (*Amos* 1, 3; *Isaïe* 1, 20; *Jérémie* 2, 3). Et cette parole, prononcée au nom de Dieu, atteignait en direct les comportements équivoques ou frauduleux des gens de l'époque. Mais en était-il de même au Ier siècle de notre ère? Certains assuraient que la prophétie était désormais révolue ou presque: Zacharie et Malachie auraient signé la fin de ce type de paroles. Ainsi le pensait Flavius Josèphe dans son livre *Contre Apion* (VIII, 37-42); il en est de même chez les scribes de l'époque, comme le déclare une ancienne tradition lue dans le *Talmud de Jérusalem* (traité *Sota* 13, 2). Comme on disait, maintenant «les cieux sont fermés». Dieu ne parle plus en direct. Il ne reste donc qu'à commenter les écrits d'autrefois, qui rapportent les paroles divines adressées à Moïse et aux Prophètes. Or, dans le contexte du Judaïsme du Ier siècle, alors très diversifié à la différence du Judaïsme rabbinique qui suivra, certains déclaraient que les cieux venaient à nouveau de s'ouvrir (Mt 3, 16). Jean le baptiste et d'autres prophètes encore se remirent à parler au nom de Dieu, et Jésus de même, sinon plus encore, en s'exprimant, cette fois, de son propre chef.

Cette nouvelle effusion de la parole débute en fait avec l'apparition de ce qu'on appelle la littérature apocalyptique, dans le dévoilement ou la révélation des temps derniers qui s'approchent. Le livre de *Daniel*, rédigé au IIe siècle avant J.C., en est un bel exemple, et relèvent de ce type d'autres livres encore, dits apocryphes, c'est-à-dire non inscrits dans le Canon des écritures juives et chrétiennes (ainsi, les livres d'*Hénoch* des IIIe-Ier siècles av. J.-C.). Toutefois, ces divers écrits entendaient seulement orchestrer les paroles des prophètes d'hier, comme Hénoch, Baruch ou Esdras, sans en appeler à un prophète d'aujourd'hui. Les écrits esséniens découverts à Qumrân entrent aussi en jeu, avec la conviction d'exprimer la parole toujours actuelle et normative de Dieu. Toutefois, le « Maître de Justice » (au sens de maître authentique en matière religieuse) n'est jamais appelé « prophète », même s'il joua un rôle majeur en ce milieu particulier. Il reste un interprète de la Loi. Or, à partir de Jean le Baptiste et jusqu'en l'an 70 de notre ère, le titre prophétique va étonnamment resurgir, comme si la parole de Dieu faisait à nouveau irruption en Israël.

A l'époque de Jésus et peu après, le problème survient de ce que cette parole explosait en tout sens. D'aucuns s'inscrivaient dans la ligne plutôt marginale des prophètes Élie et Élisée, tels le Baptiste et, pour une part, Jésus. Mais d'autres se désignaient comme étant le nouveau prophète dont parlait le livre du *Deutéronome* : « C'est un prophète comme moi (Moïse) que Je (Dieu) leur susciterai... Je mettrai mes paroles dans sa bouche » (18, 18). Chacun d'eux s'identifiait alors à ce nouveau Moïse, en voulant faire « des signes et des prodiges » qui manifesteraient la fin prochaine des temps. Jésus aussi sera reconnu tel par une part de son entourage et par la foule, à côté d'autres qui émettaient les mêmes prétentions. Ces derniers seront appelés « faux-prophètes » par leurs adversaires, car « ils feront des signes et des prodiges pour égarer, si possible, même les élus » (Mc 13, 22). Aux yeux de Jésus, ce ne sont que des prophètes de violence, croyant s'approprier le royaume et détournant en fait leurs contemporains de l'authentique règne de Dieu (Mt 7, 15). Mais la proclamation de ce règne bientôt là et les paroles parfois cinglantes de Jésus n'en devenaient-elles pas dangereuses à leur tour ? Enfin, son attitude à l'endroit du Temple fit exploser la colère des autorités religieuses de son temps, et particulièrement durant l'épisode des vendeurs chassés du Temple (Mc 11, 15-19 et surtout Jn 2, 13-16, avec le fouet). Or, comment assurer le service du Temple avec ses sacrifices sanglants demandés par la Loi, sans des bêtes pour le sacrifice et sans de l'argent qui ne porte pas l'effigie de César pour les acheter ? Les marchands du Temple et les changeurs étaient alors nécessaires (sur les pièces à effigie, voir Mc 12, 13-17). Mais insistons d'abord sur l'initiale de sa prédication, d'allure plus calme et joyeuse, proche du milieu populaire et agricole de la Galilée, mais assez proche des scribes d'affinité pharisienne, tout en les dépassant étrangement.

Énumérons rapidement les lieux littéraires où sont engrangées ces paroles pour en désigner la pointe et dire le lien et la différence, à la fois, entre le message radical de Jésus et les commentaires des scribes de son temps. Ces données de base feront mieux percevoir la judaïcité de Jésus au sein d'un Judaïsme à l'époque éclaté en mouvements divers. Car Jésus reste éminemment juif, et ce serait se fourvoyer que de mettre en exergue sa figure au détriment des autres Juifs de son temps, considérés alors comme des hypocrites, des gens à la religion étroite et purement extérieure. Son message s'inscrit en fait dans la ligne des anciens prophètes d'Israël, tel un prophète itinérant, d'allure charismatique, pour reprendre le mot de Max Weber.

Les paroles de Jésus, rapportées dans les évangiles, se présentent littérairement sous trois formes : à la manière de brèves sentences isolées ; ou bien, dans le cadre d'une enfilade de paroles, prononcées à divers moments de son ministère, puis, entassées l'une sur l'autre par les judéo-chrétiens de la première génération, au point de donner actuellement l'impression d'un discours unifié ; enfin, sous la forme de courtes paroles, encadrées ensuite dans un récit qui leur sert d'écrin narratif, appelées apophtegmes. Souvent ces paroles sont littérairement bien frappées, à la manière de cette sentence selon laquelle les institutions religieuses doivent se plier au bien de l'homme : « Le sabbat a été fait pour l'homme, et non l'homme pour le sabbat » (Mc 2, 27). On reconnaîtra facilement dans ces paroles, actuellement transmises en grec, des éléments de frappe araméenne suivant une rythmique sémitique. Car Jésus parlait l'araméen, la langue du peuple, et non pas l'hébreu dont usaient les lettrés de son temps ; ainsi, à Qumrân où l'hébreu dominait. Plusieurs mots araméens de Jésus (*Talitha qoum(y)* ; *Ephatha*) ont été préservés dans les évangiles (Mc 5, 41 et 7, 34). Précisons quelques-unes de ces paroles.

Les sentences brèves sont du type de celles qui inaugurent la prédication de Jésus : « Convertissez-vous. Le règne des cieux est là proche » (Mt 4, 17). Le mot grec, traduit ici par *règne*, signifie aussi *royaume*. Mais en l'occurrence Jésus n'est pas l'annonceur d'un royaume messianique, c'est-à-dire régi par un *messie* humain au sens royal de ce mot. Il annonce la venue d'une emprise radicale de Dieu sur le monde, dans laquelle il se trouve lui-même immédiatement compromis par sa parole et par ses gestes de libération. La prière du Notre Père, apprise aux disciples (Mt 6, 9-13), contient la supplique : « Que ton Règne vienne » (v. 10), et ce règne de Dieu est déjà à l'œuvre dans l'action même de Jésus. Ce qui ne transforme pas pour autant Jésus en messie politique d'un royaume messianique qu'il chercherait à instaurer sur terre. D'emblée, on voit combien son message est théo-centrique et téléologique, à la fois, c'est-à-dire centré sur Dieu et tourné vers l'avenir. Jésus n'est pas un sophiste (un philosophe) à la mode hellénistique ou un sage d'Israël déclarant les sentences d'une sagesse intemporelle à la manière de celles du livre des *Proverbes*. Chez lui, le regard fixe Celui qu'il désigne comme le Père, et il se tourne vers l'avenir. Car l'homme regarde en avant, ce qui dans le contexte conservateur du temps semble étonnant. De même, paraissent scandaleuses ses paroles sur l'ancien et le nouveau, privilégiant la nouveauté du règne de Dieu, alors que l'homme d'autrefois considérait la nouveauté comme dangereuse (Mc 2, 21-22; comparer *Qohélet* 1, 9: « Rien de nouveau sous le soleil! »). Par ailleurs, à l'aide de l'image, les paraboles dites du Royaume (Mc 4, 1-34) signifiaient hautement l'urgence des temps et le comportement « nouveau » à avoir désormais devant Dieu et les autres. D'un côté, Jésus reprend largement des maximes alors véhiculées dans le monde juif, y compris sur l'amour à avoir envers Dieu et le prochain (Mc 12, 29-33). Son insistance sur ce point est certes réelle, mais elle ne le spécifie pas entièrement. D'autres rabbis de l'époque, tel Hillel, en relevaient aussi l'importance. D'un autre côté, la parole de Jésus s'avère curieusement libre et paradoxale. Peut-être est-ce ce maniement du paradoxe qui la caractérise surtout, en prenant souvent son auditeur à contre-pieds. Faut-il rappeler des sentences comme: « Si quelqu'un veut être le premier, qu'il soit le dernier de tous et le serviteur de tous » (Mc 9, 35). Ce dernier mot est osé; il s'agit exactement de l'*esclave*, c'est-à-dire quelqu'un qui ne s'appartient même pas à lui-même.

En plus des sentences dispersées dans les évangiles, on repèrera vite aussi des ensembles de *logia* ou paroles, rassemblés ensuite par topique ou sujet et organisés sous formes de discours. Enumérons seulement quelques motifs mis en relief. Ainsi, le « discours sur la montagne » livre son programme et porte les règles d'un comportement nouveau (Mt 5 à 7). Là encore, on relèvera un usage étonnant du paradoxe: « Heureux, vous les pauvres, le règne de Dieu est à vous! Heureux, vous qui avez faim... » (Lc 6, 20 s). L'utopie, au sens noble de ce mot, devient alors extrême. Par ailleurs, Jésus ne puise plus tellement les règles du comportement moral dans le creuset de l'Écriture, sans nullement la nier pour autant (Mc 10, 19 citant *Exode* 20, 12-17). Il ne dit plus : il faut faire ceci ou cela parce que Dieu et Moïse le prescrivent, mais tout paraît surgir d'un regard renouvelé à l'endroit de Dieu et du plus petit d'entre les hommes d'aujourd'hui. D'autres discours encore mériteraient l'attention, portant par exemple sur l'urgence de la mission (Mc 6, 7-13), sur les règles du comportement à avoir entre frères (9, 33-50, etc.), sur la fin prochaine du Temple et la venue (la parousie) du juge eschatologique (Mc 13). Enfin, des groupes d'apophtegmes, à la manière de Mc 2, 1 à 3, 6, ont souvent une allure polémique à l'endroit des scribes surtout, non point pour écraser l'adversaire, mais pour mieux distinguer ce qui caractérise désormais la voie nouvelle.

Une telle liberté de langage ne laisse pas d'étonner, surtout sur deux points majeurs à l'époque : d'une part, sur la question de l'autorité à accorder à cette parole, et, de l'autre, sur la manière même de se situer par rapport à Dieu. Nous reprendrons ce dernier point au chapitre V.

Au Ier siècle de notre ère, le ou les judaïsmes traversaient une forte crise, et on ne savait trop qui possédait l'autorité en matière religieuse. Les grands prêtres et les notables sadducéens donnaient l'impression d'avoir ce pouvoir, mais beaucoup le discutaient alors. Les sadducéens s'appuyaient seulement sur la Tora de Moïse (le Pentateuque), quitte à ravaler les Prophètes et les autres livres bibliques au rang d'une libre opinion, sans caractère normatif. Les scribes pharisiens, de leur côté, pensaient que les prescriptions légales devaient s'enraciner dans l'Écriture (le Pentateuque et les Prophètes), ainsi que dans la « tradition des Anciens ». Dès lors, les prêtres perdaient une part de leur rôle juridique au profit des scribes. Il n'y avait plus à en appeler à la parole des prêtres. Car, selon les scribes, le Droit devrait désormais surgir de l'exégèse pharisienne des textes de Moïse et des éléments rapportés par la tradition. Cependant les pharisiens de l'époque, tout en exerçant une forte influence sur les hommes du Temple et sur le peuple, ne possédaient pas le pouvoir de fait. Ils l'auront surtout à la fin du Iᵉʳ siècle de notre ère, et dans des conditions toutes nouvelles. Le point est évidemment important, lorsque se pose la question de la responsabilité juridique de la mort de Jésus. Quant aux esséniens, ils s'appuient sur la Torah, les Prophètes et les décisions portées par le « Maître de Justice » et par celles de leur propre tradition communautaire. Tout le reste est balayé. Mais, à nouveau, les sectaires de l'Alliance s'isolaient trop du reste d'Israël pour exercer une profonde influence. Le Nouveau Testament n'en parle même pas, du moins directement.

Or, dans ce contexte éclaté, Jésus déclare son autorité souveraine, par-dessus la « tradition des Anciens » et même, en partie, par-delà la parole révélée de l'Écriture. Encore ne faudrait-il pas trop durcir historiquement cette présentation, car la prétention susdite s'est progressivement formulée. Du moins, à la lecture des évangiles on a tour à tour l'impression que Jésus suit parfaitement la Loi et ne la suit pas, qu'il récuse la tradition des Anciens et cependant l'accepte en partie, qu'il réduit l'autorité des prêtres et pourtant la respecte quand même. Rappelons quelques exemples. Jésus s'attaque à la tradition des Anciens (Mc 7, 3-9) et, en même temps, il ne la récuse pas entièrement ; ainsi, dans ce mot virulent adressé aux scribes : « Vous versez la dîme de la menthe, du fenouil et du cumin (comme cela est exigé par la tradition, et non par l'Écriture), alors que vous négligez ce qu'il y a de plus grave dans la Loi... C'est ceci qu'il fallait faire, sans négliger cela » (Mt 23, 23). Jésus suit la Loi, jusque dans le port des franges à ses vêtements (Mc 6, 56 ; voir *Nombres* 15, 38-41). Il en appelle au Décalogue (Mc 10, 19 ; voir *Exode* 20, 12-16). Or, ces dix commandements comprennent aussi le respect du sabbat (20, 8), et Jésus passe facilement par-dessus cette exigence fondamentale (Mc 2, 23 s ; 3, 2 s ; Jn 5, 9-18). Il en arrivera même à dire : « Le Fils de l'homme est (au sens de "Je suis") maître du sabbat » (Mc 2, 28). La prétention est évidemment extrême, puisque c'est Dieu qui a établi le sabbat dès la création (*Genèse* 2, 1-3). Enfin, Jésus ne discute guère avec les prêtres du Temple et il ironise parfois à leur propos

(Lc 10, 31). Les grands prêtres seront même ses adversaires par excellence et le conduiront en fait vers la mort (Mc 14, 1 s. 53 s ; 15, 1 s), et pourtant Jésus reconnaîtra l'autorité de Caïphe – mais non point celle d'Anne ou d'Hérode Antipas (Mc 14, 60-63).

Ces variances dans le rappel de l'attitude de Jésus par les premiers chrétiens peuvent s'expliquer historiquement par le fait suivant. Chacune des communautés judéo-chrétiennes, à la manière de Matthieu, ou des communautés helléno-chrétiennes, à la manière de Marc et de Luc, avaient leur point d'insistance. L'église de Matthieu, sise à Antioche sans doute, restait composée de judéo-chrétiens surtout, et l'impératif missionnaire touchant Israël demeurait premier. Dès lors, les éléments évangéliques qui accentuaient trop la rupture avec Israël militaient en fait contre la mission. Mais l'inverse se produit dans le cas des autres églises immergées dans le monde hellénistique. Bref, chacun rappelle ce qui lui paraît le plus pertinent en l'occurrence, en raison des exigences pastorales et missionnaires.

On ne saurait toutefois évincer entièrement le problème au niveau de Jésus lui-même. Là encore, comme dans les gestes libérateurs dont nous allons parler, subsiste une certaine ambiguïté dans l'attitude réelle de Jésus. Jésus est intransigeant et laxiste en matière légale, à la fois. A l'exemple des scribes d'affinité pharisienne il sait « sauter » par-dessus une exigence de la Loi divine, telle celle du sabbat (Mt 12, 1-12). Il sait aussi hiérarchiser l'importance des préceptes divins et distinguer le premier d'entre les commandements (Mc 12, 28). Mais tous ces points étaient en fait l'objet d'une discussion à l'intérieur même des groupes pharisiens, et déjà quelques scribes de l'époque invitaient à secourir la brebis « tombée dans un trou le jour du sabbat » (Mt 12, 11). A la différence des esséniens, très rigoristes, les pharisiens savaient parfaitement adapter les préceptes de la Loi, de manière à rendre la religion, disons, plus respirable. L'aile pharisienne, sous la tutelle de Hillel, était même taxée de « chercheurs d'allégements » par les gens de Qumrân. Ils avaient d'ordinaire l'esprit large, en dehors des règles de pureté rituelle mentionnées au chapitre précédent. Pourtant, ce n'est pas cette sorte de laxisme qui marque le comportement de Jésus. Ce n'est même pas une confrontation avec la Loi de Moïse, qui lui importe d'abord – une Loi qu'il cite en fait très peu. Mais plutôt, ce déplacement du regard, où la Loi de Moïse perdait pour une part son statut de référence première, à l'avantage d'une autre perception de Dieu et des hommes. Jésus n'est ni pour, ni contre la Loi. Il se situe autrement, avec un sens étonnant de la gratuité des dons de Dieu. Plus tard, les communautés chrétiennes, affrontées à leur tour au problème du respect de la Loi, peineront singulièrement à tracer leur propre chemin. Et les solutions seront diverses, celles d'un Paul seront quasi à l'envers de celles d'un Jacques de Jérusalem (Ac 15) ou d'un Matthieu. Les uns veilleront à ne pas rompre le lien avec Israël, et les autres crieront leur liberté face à la Loi de Moïse, et même, pour une part, face à toutes les lois (1 Co 10, 23).

Mais au nom de qui ou de quoi Jésus pouvait-il en arriver à subvertir en partie la Loi considérée comme la révélation même de Dieu ? La question débouche inévitablement sur celle de sa propre identité. Qui est-il donc ? Dès le départ de son ministère, la foule voit en effet la différence entre Jésus et les scribes : « Ils étaient frappés de son enseignement, car il les enseignait avec autorité, et non pas comme les scribes » (Mc 1, 22) ; « Voilà un enseignement nouveau, plein d'autorité ! » (v. 27). La différence était grande en effet avec les scribes qui s'attachaient d'abord à commenter la Tora et les Prophètes ou encore à rapporter les paroles produites par leurs devanciers. Un rabbin (à l'époque on disait « rabbi ») ne parle pas en son nom propre, mais au nom du scribe dont il a reçu l'enseignement. Or, voilà que Jésus parle désormais de son propre chef, avec une entière autorité. Et il fait pire, en se mettant parfois à distance de la Loi divine, transmise par Moïse. Deux exemples sont particulièrement importants à cet égard. Dans un apophtegme sur la question du divorce, il ose en quelque sorte opposer la parole de Dieu à l'écrit de

Moïse qui le permettait (Mc 10, 2-9), ce qui relativisait étrangement la figure de Moïse, « le premier d'entre les prophètes », comme on disait pourtant à l'époque. Plus encore, dans une série d'antithèses lues en Matthieu, résonne un continuel « Et moi, je vous dis », qui s'affirme à l'encontre du texte de Moïse, sinon à l'encontre de la parole même de Dieu (Mt 5, 22.28.34.39.44). Quel était-il donc pour oser s'exprimer ainsi, comme s'il se désignait lui-même comme la référence dernière? Un dernier détail encore. Après une prière entendue à la synagogue, les Juifs devaient répondre « Amen » pour signifier la solidité de leur accord avec la parole émise. Or, Jésus, et il est le seul à le faire en la circonstance, produit cet « Amen » d'origine liturgique au départ même de ses propres sentences : « Amen (traduit souvent par "En vérité"), je vous le dis » (Mt 5, 18.26). Sa parole est désormais authentifiée par lui-même. Mais « comment celui-là peut-il parler ainsi ? » (Mc 2, 7), telle est la question radicale posée par une telle prétention. L'action de Jésus ou ses gestes de libération, dont nous allons maintenant parler, ne feront qu'amplifier la question. L'affaire se terminera sur la croix et sur la confession de la foi. Pour un chrétien, sur les deux à la fois.

Chapitre IV

DES GESTES LIBÉRATEURS

Jésus a-t-il ou non fait des miracles ? Est-il juste de le désigner comme un thaumaturge et un exorciste ? Telles sont les questions souvent posées, qui énervent les uns et scandalisent les autres. Certains paraissent très friands de miracles ou de « surnaturel », pour employer le mot à la manière de la Télévision d'aujourd'hui. Et chez les autres, depuis le Siècle des Lumières au moins, le miracle ne passe plus. Chez quelques chrétiens aussi, les récits évangéliques de miracle semblent difficiles à entendre ; ils ne savent qu'en faire aujourd'hui. A tout prendre, nos contemporains ressemblent aux gens de l'époque hellénistique, partagés eux aussi sur les nombreux prodiges rapportés dans les traditions grecques et orientales, dites païennes, où le merveilleux s'étalait à loisir en des lieux guérisseurs comme Épidaure. Les historiens anciens tels Thucydide, Polybe ou Plutarque sont réticents devant le phénomène, sinon plus. Ainsi Polybe (IIIe av. J.-C.) écrit-il : « Il me semble qu'on fait preuve d'une niaiserie sans bornes quand on s'arrête ainsi sur des choses qui sont non seulement inconcevables pour un esprit rassis, mais aussi parfaitement impossibles... Il s'agit de choses qui contribuent à entretenir la piété populaire envers les dieux... » (*Histoires*, XVI, 12).

De son côté, à la fin du Ier siècle de notre ère, l'historien juif Flavius Josèphe accepte les prodiges dont il est question dans l'Écriture, mais avec une certaine tendance à leur trouver une explication dite naturelle. Par exemple, les hébreux dont parle l'Écriture selon *Exode* 14 auraient passé la Mer Rouge à la suite d'une grande sécheresse. La science de l'époque acceptait déjà difficilement l'extraordinaire. Toutefois, Philon d'Alexandrie (de 19 av. J.-C. à 40 apr.) est déjà plus confiant : « Ces faits vraiment insolites et contraires à toute attente sont un jeu pour Dieu » (*Vie de Moïse*, I, § 210). Tout est possible à Dieu. Ce qui n'empêchera pas ce philosophe juif d'en rechercher le sens profond, car l'extraordinaire n'a comme tel aucun sens.

Ces réticences ne traduisent cependant pas l'atmosphère générale de l'époque dans le monde populaire ou aisé, où une ardente soif du salut déferlait de toutes parts. Rappelons ici, à la suite de Benveniste, que le mot grec *sôtéria* (salut) désigne étymologiquement la santé. Nombreux alors étaient les pèlerins qui passaient de Delphes à Épidaure, à Pergame et ailleurs pour obtenir quelques miracles d'Asklépios (Esculape) ou d'autres dieux guérisseurs. Nous reprendrons le point. Mais dans un monde hellénistique où le Judaïsme trempait largement, on comprend déjà qu'une question portant sur l'existence des miracles de Jésus doit tenir compte du contexte de l'époque. Faudrait-il donc d'emblée leur opposer une fin de non-recevoir ? Or, aussi étonnant que cela puisse paraître de prime abord, les historiens du Nouveau Testament de tous bords admettent généralement que Jésus s'est présenté lui-même comme un guérisseur et un exorciste ou, du moins, que son entourage l'a perçu comme tel. Au fait, nous avons déjà relevé le mot de Flavius Josèphe à propos de Jésus : « En ce temps-là paraît Jésus, un homme sage... ; c'était un faiseur de prodiges » (*Antiquités juives*, XVIII, § 63 s). L'expression n'est guère chrétienne en l'occurrence.

Considérons plus avant le dossier, en évoquant d'abord ce que les Juifs, les judéo-chrétiens y compris, entendaient par le mot *miracle*. Nous pourrons ensuite cerner un peu mieux le type de langage alors utilisé pour dire l'action libératrice de Jésus et mesurer en conséquence les différences entre les récits évangéliques et des prodiges connus par ailleurs dans le monde hellénistique.

I. — Le miracle selon les Écritures

Dans le langage courant d'aujourd'hui, le mot *miracle* désigne généralement un fait extraordinaire, dit surnaturel, accompli en dérogation avec ou en violation des lois de la nature. Or, presque chacun des mots qui précèdent auraient étonné les anciens, et spécialement les Juifs. Rappelons d'un mot le vocabulaire, le sens et les significations, alloués à ce que nous nommons aujourd'hui le miracle, ainsi que les lieux littéraires où il en est question dans la Bible.

Le mot vient du latin *miraculum*, dont le radical signifie être étonné ou stupéfait. Il est employé dans l'Écriture avec d'autres termes, comme les *hauts faits* de Dieu (*Deutéronome* 3, 24) et ses *merveilles* (*Exode* 15, 11). Le syntagme « les signes et les prodiges » sert en particulier à dire combien Dieu conduit les siens au milieu des dangers, lors de la sortie d'Égypte en particulier. Ainsi en est-il dans les récits de l'*Exode* et du *Deutéronome*, en lien avec la figure du prophète Moïse. L'auteur de ce dernier livre précise : « Plus jamais ne s'est levé en Israël un prophète comme Moïse, lui que le Seigneur... a envoyé accomplir tous ces signes et tous ces prodiges » (Dt 34, 10-12). Le syntagme « un prophète comme Moïse » fait lui-même référence à Dt 18, 15.18. Il servira plus tard à désigner le « Prophète qui vient », c'est-à-dire le prophète des derniers temps (Mt 11, 3). Selon le contexte culturel du Ier siècle, Jésus ne saurait donc être reconnu comme un authentique prophète messianique que s'il opère à son tour des signes et des prodiges. Comme Moïse, il devra accomplir des miracles touchant l'eau (la mer Rouge selon *Exode* 14) et le pain (la Manne, *Ex.* 16 ss). Plus tard, d'après les *Actes des Apôtres,* la communauté chrétienne demandera à Dieu dans sa prière de poursuivre l'œuvre messianique de Jésus : « (Dieu), étends donc la main pour que se produisent des guérisons, des signes et des prodiges par le nom de Jésus, ton saint serviteur» (Ac 4, 30).

Dans le langage d'aujourd'hui, le mot *prodiges* a une connotation dépréciative qu'il n'avait pas autrefois. Par ailleurs, le mot *signe*, qui lui est souvent accolé, invite à souligner la signification profonde des gestes ainsi posés, à savoir des gestes qui font signe, des gestes par lesquels Dieu fait signe aux siens. L'extraordinaire, comme tel, importe peu, mais d'abord le sens de ces gestes de libération. Le prodige ne signifie rien en lui-même, et il n'a d'intérêt que s'il est considéré comme la trace d'une réalité plus profonde et supérieure. D'ailleurs, l'évangéliste Jean n'usera dans son récit que du mot *signes* (Jn 2, 11 sur Cana), et jamais du mot *miracle*. Cela traduit déjà une certaine épuration du langage chrétien face à l'étalement du prodigieux dans lequel le monde hellénistique se complaisait. Mais auparavant, Marc parlait souvent des *miracles*, ou littéralement des *puissances* (en grec *dynameis*, du radical *dyna-*, exprimant un pouvoir « dynamique »). Or, le mot *Puissance* sert aussi de substitut pour éviter de prononcer le Nom divin ; ainsi, Jésus dans Mc 14, 62. Du point de vue de la foi, il s'agit donc de gestes par lesquels Dieu, le Tout-Puissant, conduit les siens et les sauve effectivement.

Or, tous les gestes de Dieu, même les plus anodins, peuvent alors être catalogués comme miracles en raison de leur origine première, y compris la pluie ou un coup de tonnerre. Pour l'homme biblique, tout est miracle d'une certaine manière, selon la perspective d'une création de Dieu toujours à l'œuvre. Car il n'affirme pas seulement que Dieu *a créé* le monde, au passé, mais que Dieu *crée* au présent et conduit toujours le monde. D'une certaine manière, ces gestes quotidiens de Dieu l'emportent même sur les prodiges d'un moment. En bref, les faits, dits naturels selon notre langage, relèvent éminemment de son action de puissance. Et de même, ces gestes qui sortent de l'ordinaire pour mieux signifier son dessein.

Dans l'Écriture, dite Ancien Testament, il est peu question de miracles, sinon à la sortie d'Égypte surtout ; ainsi, lors du passage de la mer Rouge et de la Manne tombée du ciel (*Exode* 13-14 et 16). Dans le langage sémitique, pétri d'images et de symboles, ces récits veulent signifier combien Dieu s'est lui-même engagé dans le cours de l'histoire pour fonder le Peuple élu, dirigé par Moïse. Ce sont là, disons, des miracles de fondation, marquant combien l'entreprise nouvelle relève éminemment du dessein de salut de Dieu. Autrement, on ne parle guère de miracles, sinon dans les récits rapportant les gestes des prophètes Élie et Élisée. Ces récits rappellent alors que Dieu sait aussi s'occuper des plus pauvres, accablés par la misère quotidienne, tels la veuve de Sarepta, dont il est question dans *1 Rois* 17, et cet étranger lépreux, Naaman le Syrien, guéri par Élisée (*2 Rois* 5). Puis, à quelques exceptions près (ainsi dans *Josué* 10, 12-13, où le soleil s'arrête pour permettre à Josué de l'emporter sur ses adversaires !), il n'en est pratiquement plus question, comme si la parole de Dieu, délivrée par les Prophètes d'Israël, suffisait désormais à pourvoir à la vie religieuse, sans recours intempestif à l'extraordinaire.

Ces points sont importants à relever, car il en est de même dans le Nouveau Testament. Les gestes de Jésus se présentent aussi comme des miracles de fondation pour signifier dans le langage de l'époque l'existence d'une réalité nouvelle selon le dessein de Dieu : comme Moïse, Jésus maîtrise les eaux et donne à manger un pain nouveau (Mc 6, 30-52 ; Jn 6). Une communauté nouvelle est maintenant fondée sur sa personne. En outre, les gestes de Jésus sont souvent analogues aux gestes d'Élie et d'Élisée pour signifier la bonté de Dieu et de son Christ à l'endroit des plus démunis et des malades. Ce type de miracles manifeste combien le salut de Dieu passe dans l'aujourd'hui et l'ordinaire de la vie, sous l'action libératrice de Jésus. Comme ce dernier le déclare en reprenant les mots du prophète Isaïe : « L'Esprit du Seigneur est sur moi... pour annoncer la Bonne Nouvelle aux pauvres... proclamer aux prisonniers la libération, aux aveugles le retour à la vue, et pour renvoyer les opprimés en liberté » (Lc 4, 18). Les récits de miracle abondent en conséquence dans les évangiles pour exprimer cette action de salut. On en trouve aussi en bon nombre dans le récit des Actes des Apôtres, dans le cadre d'un milieu populaire chrétien. Au contraire, au sein d'un milieu plus cultivé, Paul n'en parle jamais ou presque. Pour lui comme pour les Prophètes d'Israël auparavant, c'est la Parole de Dieu, en l'occurrence la Bonne Nouvelle de Jésus ressuscité et toujours vivant, qui opère maintenant le salut, et non plus tellement des gestes relevant du merveilleux. Au fait, selon la première tradition chrétienne, la résurrection de Jésus n'est jamais désignée comme étant un miracle à proprement parler, même si l'événement de Pâques ouvre la parole à une nouvelle confession de foi et invite les siens à poursuivre son action de libération et de salut.

Ajoutons encore deux remarques portant toujours sur le langage du miracle dans les deux Testaments. Les anciens (sinon, l'écologiste d'aujourd'hui !) refusaient de dissocier entièrement l'homme de tout le monde qui l'entoure. Les deux font corps, et ce qui atteint l'un touche l'autre. Dès lors, selon le langage biblique du miracle, les gestes de Jésus atteignent l'homme dans sa misère et touchent la nature, impliquée aussi par son action de salut. Jésus donne à manger à une foule rassemblée au désert. Et la libération de l'homme s'accompagne du salut du cosmos entier, comme le déclare Paul dans *Romains* 8, 22-23.

La seconde remarque est plus subtile encore. Les réalités de ce monde et les gestes humains présentent souvent une double face, à la manière d'une pièce de monnaie. L'homme et le monde, d'abord créés dans leur gloire originelle, ont été ensuite touchés par le péché, et donc en partie investis par les forces du mal. Le péché et la maladie sont liés. Dès lors, un geste de guérison des malades peut aussi prendre la forme d'un exorcisme, en provoquant l'expulsion de la puissance démoniaque. De fait, Jésus se présente comme un guérisseur ou un thaumaturge, et comme un exorciste, à la fois. Précisons le dossier évangélique.

II. — L'action libératrice de Jésus

L'évangéliste Marc rapporte quatorze récits de miracle sur les vingt-sept répertoriés dans les quatre évangiles. Ce nombre est relativement considérable, et il témoigne de l'importance de ce motif évangélique. Selon Luc, après la mort de Jésus, les disciples d'Emmaüs disent leur désillusion à un étranger rencontré sur le chemin au sujet du Nazaréen qu'ils considéraient pourtant comme « un prophète puissant en action et en parole devant Dieu et devant les hommes » (Lc 24, 19). Car, Jésus, non seulement parlait, mais il agissait. Or, cette parole et cette action venaient apparemment d'échouer avec la Croix. Non seulement Jésus annonçait la venue prochaine du Règne de Dieu, mais il inscrivait déjà ce salut dans le concret de la vie des plus défavorisés d'abord. Cette action de libération prend le nom de miracle dans les évangiles, puisque Jésus les pose en désignant Dieu comme étant à leur principe.

Ces gestes de salut revêtent toutefois des formes diverses. Il peut s'agir de gestes qui mettent en relief son action libératrice; ainsi, dans les récits de guérison des malades et ses gestes exorcistes. Il peut aussi s'agir de gestes qui veulent signifier, non pas d'abord son action de salut, mais son identité considérée à la lumière des figures de Moïse et d'Élie. Il peut enfin s'agir de récits coulés dans un langage imagé, qui déclarent d'abord une pensée à mettre en relief, beaucoup plus qu'un événement précis à décrire. Dans ce dernier cas surtout, le mot miracle est inadéquat, même si dans notre langage d'aujourd'hui nous confondons souvent ces différents niveaux de langue. Le langage sémitique n'est plus le nôtre.

Prenons quelques exemples. Suivant le récit des trois tentations de Jésus au désert, rapporté par Mt 4, 1-11 et Lc 4, 1-13, le Diable transporte Jésus sur le faîte du Temple, puis, sur une haute montagne. A chaque fois, Jésus sous le coup de l'épreuve (en araméen, un même mot sert à dire la tentation et l'épreuve) en appelle à Dieu. Il refuse alors de faire des gestes prodigieux à son propre avantage – il refuse de transformer des pierres en pains pour se rassasier ; il refuse de s'imposer comme un homme ayant tout pouvoir en sa main – il refuse les royaumes de ce monde ; il refuse enfin à forcer la main de Dieu qui devrait le sauver de la mort, puisqu'il en est le fils. Ces trois tentations disent, dès le départ du récit évangélique, ce que ne seront pas les miracles de Jésus. Ses gestes de guérison ne forceront ni la main de Dieu, ni celles des hommes. En l'occurrence ces épreuves de Jésus, coulées dans le langage plastique et imagé du monde sémitique, n'ont rien de merveilleux. Ces récits ne relèvent pas du miracle. Ce qui ne les empêche pas d'être à un certain niveau hautement historiques, tant ils traduisent à la manière sémitique combien la tentation du pouvoir traversa la vie de Jésus. Comme le dit l'auteur de l'Épître aux Hébreux: « Il a été éprouvé en tout » (Hé 4, 15), sans pour autant céder. D'autres exemples de ce type de langage maniant le merveilleux pourraient être produits; ainsi, le récit ou plutôt la parabole du figuier desséché (Mc 11, 11 s. 20 s et Lc 21, 29 s), sans parler de cette pièce de monnaie découverte dans la bouche d'un poisson (Mt 17, 24-27). Comme on voit, ce type de récits relève du merveilleux dans la manière de s'exprimer, sans qu'il s'agisse de miracles à proprement parler.

Le cas des récits voulant d'abord signifier l'identité profonde de Jésus mériterait aussi l'attention. Pensons par exemple au récit où Jésus donne en abondance du pain à la foule qui se presse autour de lui dans le désert; ou encore, à celui où il manifeste sa maîtrise sur les eaux en marchant sur la mer (Mc 6, 30-52). Cette fois, ces gestes assimilent directement Jésus au prophète Moïse, et même à plus grand que Moïse. Car, c'est Dieu, et non pas Moïse, qui donna la Manne dans le désert sur le chemin du Sinaï. C'est Dieu aussi, par le bâton de Moïse, qui fendit les eaux pour que les hébreux marchent entre les flots (*Exode* 14, 15 ss et 16, 1 ss). Là encore, le langage de l'histoire et celui du symbole s'entremêlent étroitement, à tel point que, pour le lecteur d'aujourd'hui, la question n'est pas tellement de savoir comment cela s'est produit, mais qu'est-ce que cela signifie? Suivant l'expression de la foi chrétienne, Jésus est celui qui a donné et qui donne toujours le pain aux siens (le repas communautaire chrétien, dit la Messe ou la Cène). Il est celui qui maîtrise toutes les forces du mal, dont les eaux de l'abîme étaient le signe selon l'imaginaire sémitique. Ce type de gestes, d'abord symboliques, échappe en fait au scalpel de l'historien. Car il ne peut ni les nier *a priori* ni en désigner historiquement les contours. A la lecture de ces récits, n'allons donc pas nous projeter au niveau dit événementiel, pour savoir exactement «comment ça s'est passé», au risque de réécrire ensuite une «autre histoire», taillée à notre convenance. Sur ce point précis, l'exégète d'aujourd'hui évite un double piège : d'un côté, celui d'une lecture dite rationaliste, où le récit est rejeté comme impossible, sans même en percevoir le sens réel, et, de l'autre côté, celui d'une lecture dite fondamentaliste, où le souci de son historicité matérielle en arrive à voiler sa fonction symbolique. Dans le cadre d'un même «historicisme», on imagine en conséquence une autre histoire, moins merveilleuse, ou l'on en hypertrophie le détail. Dans les deux cas, le langage alors utilisé semble ignoré et la fonction de ces récits, oblitérée.

Les autres et nombreux récits de guérison et d'exorcisme sont parfois susceptibles d'une investigation historique plus précise. Leur structure littéraire en est simple et le sens bien marqué. Prenons l'exemple de la guérison de la Belle-mère de Simon-Pierre ou celle du lépreux. Un geste ou une simple parole suffisent : «Je le veux, sois purifié» (Mc 1, 29-31. 41). Parfois, le geste est étonnant, à la manière des thaumaturges juifs de l'époque ; ainsi, un crachat et de la boue sur les yeux, d'après Jean 9, 6. Les récits de Mc 7, 31-37 et 8, 22-26 (la guérison d'un sourd-muet et d'un aveugle) semblent plus extravagants encore. Luc évitera même de les rapporter à ses lecteurs grecs, lors de sa réécriture de Marc. La structure d'un récit d'exorcisme est plus complexe encore, comportant des expressions techniques et une série de procédures, courantes à l'époque dans les récits d'exorcisme juifs et hellénistiques. D'un côté, il s'agit de guérir et, de l'autre, d'éloigner le mal, alors identifié à des *esprits* dits *impurs,* au sens de *mauvais* (Mc 1, 23. 26 s). Ces pratiques nous situent évidemment dans un monde populaire, celui de Jésus au Iᵉʳ siècle de notre ère, et non point tellement dans des cercles cultivés, pharisiens ou esséniens. L'une des intuitions religieuses de Jésus n'était-elle pas de rejoindre d'abord le monde des petits et des pauvres, dans une religion largement accessible aux gens les plus méprisés de son temps? Son langage comme ses actes plongent en direct dans ce milieu populaire, avec ses croyances et ses pratiques considérées comme étranges aujourd'hui.

Nous l'avons déjà dit, les exégètes de toutes tendances admettent largement que Jésus s'est effectivement présenté comme un guérisseur et un exorciste, ou, du moins, qu'il a été considéré comme tel par son entourage. « C'était un faiseur de prodiges », déclarait même Flavius Josèphe (*Antiquités juives*, XVIII, § 63 s). L'affirmation est solidement posée en raison des motifs suivants. Ces pratiques thaumaturges et exorcistes étaient courantes à l'époque, nous allons le dire. Ensuite, les témoignages évangéliques sont précis, clairs et croqués sur le vif, sans tomber dans l'extravagance. Plus encore, le fait que Jésus ait peu ou prou été condamné pour un motif messianique (l'acte d'accusation de Pilate porte la mention : « le roi des Juifs », selon Mc 15, 26) implique déjà l'existence, vraie ou supposée, de ces gestes de salut. Car ces signes et ces prodiges permettaient justement d'identifier en milieu populaire les prophètes « messianisés » de ce temps, et donc aussi, à rebours, de les accuser éventuellement comme trublions. Ces prophètes, déclarés « faux prophètes » ou « faux messies » dans Mc 13, 22, regroupaient autour d'eux ces éléments violents et ils voulaient justifier leur autorité en refaisant *les signes et prodiges* de Moïse ou de Josué, comme la Manne et le Passage de la mer Rouge ou celui du Jourdain. Ainsi en était-il de Theudas, mentionné dans les *Actes des Apôtres* (Ac 5, 36), ainsi que par Flavius Josèphe en ces mots : « Un imposteur Theudas persuada un grand nombre de gens... de le suivre jusqu'au Jourdain ; il affirmait être le Prophète et disait qu'à son commandement (les eaux) du fleuve se fendraient » (*Antiquités juives*, XX, § 97-99). Il en était de même pour un prophète égyptien mentionné dans Ac 21, 38, et encore par Josèphe : « Il affirmait être le Prophète... et, du haut du mont des Oliviers, il annonça l'écroulement des remparts de Jérusalem, tel Josué» (*Antiquités juives*, XX, § 167-171). On le voit, le maniement du miracle pouvait s'avérer dangereux à l'époque.

Comment Jésus se situait-il lui-même face à de tels gestes? La réponse est plurielle, parfois presque contradictoire. On pourrait d'abord penser qu'il s'agit là surtout de gestes de bonté à l'endroit des malades au plan physique ou psychosomatique, peu importe ici. Le point a sa valeur, et il est mis en relief par l'évangéliste Luc à l'endroit de ses lecteurs grecs. On peut aussi penser à des gestes qui récuseraient à l'avance toutes les formes d'une croyance en la fatalité ou à la «Nécessité», comme on disait alors. Car le projet d'amour de Dieu dépasse ce soi-disant Destin. Dieu outrepasse les limites de la maladie et de la mort, et la vie aura le dernier mot. Ce seraient donc là, pour une part, des gestes de protestation contre les puissances astrales et autres qui prétendaient à l'époque enfermer l'homme sur lui-même. «Par le doigt de Dieu» Jésus expulse ces fausses puissances et redonne la vie (Lc 11, 20). De même, à l'aide de ces gestes libérateurs, Jésus proteste contre une certaine application rigoriste du repos du sabbat, en opérant justement ce jour-là son travail guérisseur (Mc 3, 4; Jn 5, 9 s. 16). Le miracle devient geste de protestation. Mais sans doute le motif majeur d'une telle action trouve-t-il son expression dans les paroles de Jésus à ce propos. Car de tels gestes sont alors désignés comme la proclamation «en acte» d'un règne de Dieu qui est là, proche: «Si c'est par l'Esprit de Dieu que je chasse les démons, c'est donc que le règne de Dieu vous a atteints» (Mt 12, 28). Jésus ne s'est donc pas contenté d'annoncer la venue du règne de Dieu et son emprise prochaine sur le monde (Mt 4, 17), il l'a déjà concrètement mise en œuvre. Le miracle devient geste de libération pour les autres, à l'envers même d'une exhibition du merveilleux, réclamée par un Hérode Antipas (Lc 23, 8).

Cela dit, de tels gestes restent de soi ambigus. Déjà, le livre biblique du Deutéronome attirait l'attention sur ce point: «S'il surgit au milieu de toi un prophète ou un visionnaire – même s'il t'annonce un signe ou un prodige, et que le signe ou le prodige qu'il t'avait promis se réalise –, s'il te dit : "Suivons et servons d'autres dieux"... tu n'écouteras pas les paroles de ce prophète» (Dt 13, 2-6). L'important n'est donc pas l'existence ou non de tels prodiges, mais leur sens, et leur signification devient invalide s'ils portent à l'idolâtrie. Jésus saura lui aussi se défaire de cette attraction du prodige. Ou plus précisément, il accepte et refuse, à la fois, ce genre de signes. Car, d'un côté, ce sont de tels signes qui permettent de l'identifier dans son action de salut, et, de l'autre, ces signes restent toujours équivoques. D'une part, Jésus se présente comme l'authentique prophète de Dieu. De sa prison Jean le baptiste lui fait dire : «Es-tu Celui qui doit venir, ou devons-nous en attendre un qui soit différent ?» Et Jésus de répondre : «Allez annoncer à Jean ce que vous entendez et voyez : les aveugles recouvrent la vue et les boiteux marchent, et les morts se relèvent, et les pauvres sont évangélisés» (Mt 11, 2-5). D'autre part, il sait pertinemment que le geste guérisseur n'emporte pas la foi. Dans la parabole sur Lazare, le mauvais riche en enfer supplie Dieu d'envoyer des messagers à ses frères encore en vie. Et Jésus d'ajouter : «Du moment qu'ils n'écoutent pas Moïse, ni les prophètes, même si quelqu'un ressuscite d'entre les morts, ils ne seront pas convaincus» (Lc 16, 31). Capharnaüm et Bethsaïde, les lieux privilégiés de son action de salut, l'ont finalement récusé (Mt 11, 20-24). Plus encore, le miracle peut être trompeur : «De faux messies et de faux prophètes se lèveront et feront des signes et des prodiges pour égarer, si possible, même les élus» (Mc 13, 22).

On comprend alors pourquoi Jésus refuse d'opérer ce genre de signes à la demande de certains scribes : «Il leur répondit : Génération mauvaise et adultère qui réclame un signe ! En fait de signe, il ne lui en sera pas donné d'autre que le signe du prophète Jonas», ce prophète d'un conte populaire, englouti dans les flots (Mt 12, 39). Au regard des évangélistes, Jésus présente en fait sa propre mort comme un signe de contradiction. On devine donc son refus d'user de ces soi-disant gestes de puissance pour mieux s'imposer, en contraignant l'autre à croire en lui, ce qui serait paradoxal. Il refuse de faire des miracles à Nazareth, parce que ses propres compatriotes n'ont pas foi en lui (Mc 6, 6). Lors de la Passion, face au roi de Galilée, Hérode Antipas qui tente de le présenter comme un roi de comédie, il refuse de répondre à celui qui « espérait lui voir faire quelque miracle » (Lc 23, 8). Et il mourra sur la croix, alors que les scribes s'écriaient : « Qu'il descende maintenant de la croix pour que nous voyions et que nous croyions ! » (Mc 15, 31-32). Comme on voit, le miracle était, dans le contexte du temps, un instrument nécessaire pour déclarer l'identité prophétique de Jésus, mais aussi un outil dangereux. Ces gestes risquaient de dévier dans la fascination du merveilleux, en désignant Jésus comme « un surhomme », ce qu'il récusait entièrement, tout en affirmant hautement son lien filial avec Dieu.

Par ailleurs, Jésus, comme ses contemporains, reconnaissait le lien existant entre la maladie et le péché, entre la réalité de la maladie et le fait d'un psychisme dégradé par le péché. Le péché opère une rupture de la relation de soi-même avec soi-même, avec le cosmos, avec les autres et avec Dieu. Dans le récit de Mc 2, 1-12 sur le Paralysé de Capharnaüm, la guérison du malade reste pour une part liée au motif du pardon des péchés.

Et en même temps Jésus met en question ce lien. Ses propres disciples l'interrogent à propos d'un aveugle-né : « Rabbi, qui a péché pour qu'il soit né aveugle, lui ou ses parents ? Et Jésus répond : "Ni lui ni ses parents" » (Jn 9, 2-3). Dans le langage d'aujourd'hui, nous dirions : Jésus laïcise la maladie en question.

L'une des manières de jauger plus précisément encore les gestes guérisseurs de Jésus consiste à les comparer aux autres « miracles », partout connus dans le monde hellénistique dit païen. A l'époque, beaucoup ne croyaient plus guère aux dieux traditionnels de la Cité, telle la triade du Capitole. Ces dieux semblaient trop lointains, et leur culte, froid et formaliste. Au contraire, se répandaient partout de nouvelles divinités orientales, autrement plus proches et chaleureuses, tels Asklépios en Asie Mineure,

Dionysos le dieu grec de la vigne, Isis et Sarapis d'Égypte, Atargatis de Syrie. C'était à qui ferait les plus gros miracles pour répondre à la soif de « salut » de chacun – un mot alors aussi mythique que le mot progrès au début du XXe siècle. Parmi ces dieux guérisseurs relevons le nom d'Asklépios ou Esculape, en son Temple d'Épidaure dans le Péloponèse. Après un bain et l'offrande d'un sacrifice, le malade venait passer une nuit sous un portique obscur du temple, afin d'entendre en rêve le message du dieu guérisseur et en transmettre les instructions aux médecins. Le lieu grouillait de serpents, considérés comme des porteurs de la vie, d'où le signe médical d'Esculape. Près de quatre-vingts inscriptions ou ex voto y ont été découverts, concernant des aveugles, des grossesses difficiles, des calvities, une épilepsie, etc. Lisons seulement un exemple de guérison par ce dieu : « Comme elle *(Kléô)* était grosse depuis cinq ans déjà, elle s'en vint suppliante auprès du dieu et fit l'incubation dans l'abaton *(un lieu obscur sous un portique du temple)*. Aussitôt qu'elle en fut sortie et se trouva hors des limites du sanctuaire, elle mit au monde un garçon qui, à peine né, alla se laver à la fontaine puis s'en vint courir autour de sa mère. Ayant obtenu cette grâce, Kléô fit graver sur son ex voto : "N'admirez pas la grandeur du tableau, mais la puissance du dieu : pendant cinq ans Kléô porta le poids dans son ventre jusqu'à ce qu'elle fit l'incubation et que le dieu lui rendit la santé". » Encore faut-il ajouter que de telles guérisons coûtaient fort chères. En plus, le dieu exigeait une foi sans condition et il n'hésitait pas à sévir contre les railleurs ou les mauvais payeurs !

De tels prodiges sont bien différents des gestes posés par Jésus. D'un côté, on a des gestes de puissance, accomplis pour la plus grande gloire du dieu guérisseur. De l'autre, Jésus n'impose pas sa puissance. Il libère. Ses gestes sont simples, publiquement posés et non point dans quelque salle obscure d'un temple ; ils sont inspirés par sa bonté et entièrement gratuits. Il refuse même la publicité et s'éloigne d'une foule trop friande, en minimisant presque la portée de ses gestes. Ainsi, à propos de la fille de Jaïre, Jésus déclare : « L'enfant n'est pas morte, elle dort ! » (Mc 5, 39). Toutefois, l'évangéliste Luc, reprenant le texte de Marc, en rectifiera la phrase pour mieux souligner le prodige : « Elle était bien morte » (Lc 8, 53) ! Sans rechercher sa propre gloire, Jésus s'intéresse aux malades et les laisse s'approcher de lui (Mc 6, 56). Il dialogue avec eux en termes simples : « Ne crains pas, crois seulement » (Mc 5, 36) ; « Que veux-tu que je fasse pour toi ? » (Lc 18, 41), sans jamais donner l'impression de les écraser par quelque force mystérieuse. Et il va jusqu'à réclamer des siens une foi sans l'appui crédule d'aucun miracle : « Si vous ne voyiez signes et prodiges, vous ne croiriez donc pas ? » (Jn 4, 48). On est loin de la riche clientèle des dieux guérisseurs, saisie par le clinquant d'une démonstration tapageuse.

Sans doute faut-il reconnaître une certaine tendance des évangélistes Matthieu et Luc surtout à grossir quelque peu les événements rapportés par Marc. Ils se trouvaient en quelque sorte pris en tenailles, entre le désir de magnifier Jésus dans sa force souveraine et la réalité de sa mort subie sans prodiges, comme un « contre prodige ». Un tel grossissement apologétique aboutira plus tard à l'extravagance de certains récits de miracle attribués à Jésus dans quelques textes dits apocryphes, non reçus dans le Nouveau Testament. Ainsi, dans un récit tardif de l'enfance de Jésus, appelé l'*Histoire de l'Enfance de Jésus* (4, 1-2), un jeune garçon bouscula le petit Jésus en train de jouer et fut foudroyé sur le champ ! En cultivant ainsi ce genre de merveilleux, ces récits devaient aboutir en fait à l'envers de la foi chrétienne !

De telles exagérations ne minimisent en rien la valeur du témoignage évangélique dans sa sobriété première. Car l'important ici n'est pas de déployer les gestes de Jésus dans l'émoi de l'extraordinaire, mais d'en reconnaître le sens. Par ces gestes, en effet, Jésus s'accorde, au nom de Dieu, le pouvoir de guérir et d'exorciser, c'est-à-dire celui de sauver ou au contraire de réduire les forces mauvaises. Il guérit les malades de sa propre autorité : « Je le veux, sois purifié » (Mc 1, 41) ; « Fillette, je te le dis, lève-toi» (5,41); «Moi, je te l'ordonne» (9,25). C'est désormais «en son nom», que les démons sont chassés, et non plus au nom de Salomon, à la manière des exorcistes juifs de son temps (9,38-39). Bref, Jésus enseigne avec autorité, sans en appeler à la tradition des scribes (1,27), et il guérit de son propre chef. Son ministère n'est pas seulement celui de prédicateur d'un règne de Dieu bientôt attendu, c'est aussi celui d'un homme d'action, visant dès maintenant la libération physique et spirituelle des plus pauvres.

Reprenons la question de départ: Jésus a-t-il fait des miracles? La réponse positive est claire, mais à la condition d'en bien situer les données, en raison du langage sémitique de l'époque et du champ méthodologique propre à l'investigation historique. D'une part, le miracle, en tant que geste posé par Dieu – donc, saisi en son origine divine au regard de la foi – échappe évidemment au scalpel de l'historien. Même avec une forte documentation, ce dernier ne pourrait en la circonstance que désigner un événement étonnant, sinon ambigu. Pour se désigner, le miracle implique la reconnaissance du croyant, dans la foi. L'historien, considéré dans le champ de sa seule spécialité, ne peut aboutir, ni à l'existence d'un miracle (car il ne peut pas dire, au niveau qui est sien: cela vient de Dieu!), ni au refus du miracle (car il ne peut pas affirmer, non plus, que Dieu est hors circuit), à moins qu'il ne puisse prouver la fraude, pièces en main. Mais d'autre part, les récits évangéliques, jusque dans leur diversité et par-delà un certain grossissement légendaire possible, témoignent à l'évidence qu'aux yeux des siens comme à ses propres yeux aussi, Jésus s'est réellement présenté comme un guérisseur, dans une action de salut en accord avec sa parole de libération.

Chapitre V

A LA RECHERCHE DE SON IDENTITÉ

« En chemin, il interrogeait ses disciples : "Qui suis-je au dire des hommes ?" Ils lui dirent : "Jean le Baptiste ; pour d'autres, Élie ; pour d'autres, l'un des prophètes". Et il leur demandait : "Et vous, qui dites-vous que je suis ?" Prenant la parole, Pierre lui répond : "Tu es le Christ." Et il leur commanda sévèrement de ne parler de lui à personne » (Mc 8, 27-30). Tout se passe comme si Jésus acculait l'autre à dire son identité, sans la déclarer directement lui-même, et, une fois cette identité déclarée, comme s'il la récusait pour une part. L'historien respectera cette discrétion. Dans le champ de sa propre discipline, il n'a pas à certifier l'authenticité théologique des titres qui sont attribués à Jésus et *a fortiori* à prouver sa divinité. Il ne peut que repérer l'usage que les diverses communautés chrétiennes en ont fait et retracer leur histoire, avant de désigner avec prudence la figure du Nazaréen. L'historien n'a pas à se substituer à Jésus dans le profond de sa conscience, pour dévoiler la compréhension qu'il avait de lui-même. Il ne peut que le désigner à travers le prisme des premières communautés qui l'ont confessé et mettre en relief quelques traits surprenants où la perception de son identité semble particulièrement affleurer. Cela dit, la conclusion d'un historien croyant en Jésus sera évidemment différente de celle d'un agnostique. L'agnosticisme n'en devient pas pour autant un brevet d'historicité, et l'inverse, non plus. Le croyant doit lui aussi garder méthodologiquement ses distances à l'endroit de sa propre conviction. L'histoire ne peut s'écrire sans distance critique, et donc sans humour à l'endroit même de la foi chrétienne.

Disons-le d'emblée avec nombre de spécialistes en la matière, Jésus ne s'est guère attribué de titres à lui-même, sinon d'une manière indirecte et à l'exception du mot « Fils » dont il use étonnamment. Autrement, il laisse plutôt l'autre le désigner. Puis, il en nuance ou en corrige la formulation. Parfois même, il la récuse, ce qui ne l'empêchera pas d'être condamné « sur titre » : « Jésus le Nazoréen, roi des Juifs » (Jn 19, 19).

Sans doute plus d'une fois, dans le cadre des évangiles constitués ensuite comme des professions de foi, a-t-on l'impression qu'il se déclare lui-même en direct. Les cas les plus fameux se lisent en Matthieu et en Marc, – l'évangile johannique du *Verbe* ou de la Parole de Dieu se présente plutôt comme une immense méditation christologique de la fin du Ier siècle de notre ère. Ainsi d'après Matthieu, Pierre déclare hautement : « Tu es le Christ, le Fils du Dieu vivant », et Jésus l'approuve, tout en lui rappelant qu'une telle reconnaissance de son identité vient directement de Dieu, et non pas d'un constat humain (Mt 16, 16-17). Or, selon Marc, dans le texte qui vient d'être lu au départ de ce chapitre, Jésus réagit sévèrement devant cette identification messianique, et il ajoute, en contrepoint, le contraire même de ce que l'idéologie messianique proposait à l'époque : Le « Fils de l'Homme (ici utilisé comme un substitut du pronom personnel) sera rejeté... mis à mort » (Mc 8, 31-33). La critique littéraire et historique privilégie alors la présentation de Marc : Jésus instaure manifestement une distance entre l'appellation messianique et la réalité du projet de Dieu à son endroit. La présentation de Marc apparaîtrait donc plus historique que celle de Matthieu où le titre messianique est fortement applaudi (Mt 16, 16-17).

Mais la situation s'inverse dans le cas de la comparution de Jésus devant Caïphe. Cette fois, c'est Matthieu qui semble le mieux refléter la situation d'origine. Chez Marc, devant le grand-prêtre qui demande : « Es-tu le Messie, le Fils du Béni ? » Jésus répond : « Je le suis » (14, 62), tant la proclamation de cette identité messianique et filiale est au cœur de cet évangile (Mc 1, 1 et 11, au baptême ; 9, 7, lors de la transfiguration). Or, selon Matthieu, Jésus dit alors à Caïphe : « Toi, tu le dis » (Mt 26, 64), au sens de « C'est toi qui le dis, et non pas moi ». Plus tard, face à Pilate, Jésus devait formuler la même réponse d'apparence ambiguë : « Es-tu le roi des Juifs ? Jésus répond : toi, tu le dis » (Mc 15, 2).

Le problème des discours évangéliques sur Jésus, disons celui de la christologie, sera de concilier cet afflux de titres qui lui sont alloués par les premières communautés chrétiennes et la réticence apparente de Jésus en la circonstance, comme si aucun titre ne convenait parfaitement à déclarer son identité ou sa fonction. Est-ce à dire qu'il soit historiquement impossible d'atteindre cette identité, puisque les titres qui lui sont donnés sont illuminés peu ou prou de la lumière pascale ? Là encore, l'affaire est complexe, tant la reconnaissance d'une telle identité s'appuie dans l'exégèse d'aujourd'hui, non plus seulement sur ces titres, mais sur les paroles et les gestes de Jésus que l'historien peut plus ou moins distinguer. Nous avons déjà souligné combien l'autorité personnelle que Jésus s'octroyait d'une manière inadmissible posait à ses contemporains une étrange question : « Ils étaient frappés de son enseignement, car il les enseignait avec autorité, et non pas comme les scribes » (Mc 1, 22). Cet enseignement semblait faire fi de la Tora, c'est-à-dire de la révélation divine, et Jésus s'affirme lui-même en lieu et place de Dieu qui énonçait la Loi : « Et moi, je vous dis » (Mt 5, 22 ss). Plus encore, il s'en prend au Temple (p. 106). Or, critiquer le Temple, c'est s'attaquer à Dieu. Enfin, selon le regard de l'époque, ses gestes de guérison et d'exorcisme soulevaient de lourdes questions : « Il commande aux esprits impurs (au sens de mauvais) et ils lui obéissent ! » (Mc 1, 27). N'est-ce pas parce qu'« il a Béelzéboul en lui », c'est-à-dire un mauvais démon (3, 22) ? « Il est fou », déclarent ses frères (v. 21).

Quel est-il donc ? Sans reprendre à son compte le geste d'eau et de pardon à la manière baptiste, il ose tisser un lien entre sa propre personne et le pardon du péché, c'est-à-dire le salut. Mais qui peut ainsi pardonner ? « Il blasphème » (2, 7). En bref, la parole et l'action de Jésus, même saisies en-deçà des grossissements littéraires des traditions évangéliques postérieures, soulèvent la question d'une christologie, disons, implicite. Cette christologie est même plus forte qu'une compréhension de Jésus à partir des titres qui lui ont été décernés surtout par la suite. Jusqu'à quel point, en effet, ces dénominations ont-elles été acceptées par Jésus ou par ceux qui l'entouraient durant son ministère ? Ne sont-elles apparues après Pâques seulement, dans l'éclat de la confession pascale ?

Les titres christologiques

Les titres donnés à Jésus dans le Nouveau testament sont nombreux et relativement variables selon les groupes judéo-chrétiens et pagano-chrétiens qui les ont orchestrés, chacun à leur manière. Énumérons quelques-uns d'entre eux. Jésus est appelé *Rabbi* ou *Maître* (Jn 1, 38) ; il est le *Prophète* attendu (Mt 21, 11) ; le *Serviteur*, le *Juste* et le *Saint* (Ac 3, 13-14) ; le *Christ* (Mt 16, 16) ; le *Fils de David* (Mt 1, 1) et le *Roi des Juifs* (Mt 27, 37) ; le *Fils* (Rm 1, 3) et le *Fils de Dieu* (Mc 15, 39) ; le *juge* eschatologique (Ac 10, 42) ; le *berger* ou le *pasteur* (Jn 10, 11) ; le *Seigneur* (Ph 2, 11). Commençons par souligner la curieuse expression de « Fils de l'Homme » qui surgit souvent au départ d'une parole prononcée par Jésus. Cette expression n'est pas directement un titre, mais une manière sémitique de se désigner soi-même. Ou, encore, en d'autres occurrences, c'est une façon de se relier au personnage eschatologique et transcendant dont parle le livre de Daniel (7, 13 s).

D'un côté, on a là une sorte de substitut du pronom personnel *Je* ou *Moi*, qui porte l'écho d'une étonnante désignation de Jésus par lui-même. Il ne s'agit pas d'un attribut ou d'un titre que d'autres lui donneraient, car Jésus seul en use : « Le Fils de l'Homme n'a pas où reposer sa tête », dit-il selon Mt 8, 20. Ce qui veut dire que les diverses paroles évangéliques commençant par « Je » ou par cette mention du « Fils de l'Homme » portent l'écho de la compréhension que Jésus avait de lui-même. Relevons quelques exemples où il définit sa mission : « Allons dans les bourgs voisins *(de Capharnaüm)* pour proclamer l'Évangile, c'est pour cela que je suis sorti *(en mission)* » (Mc 1, 38) ; « Je suis venu appeler non pas les justes *(les hommes les plus religieux de l'époque)*, mais les pécheurs *(ceux incapables de vivre religieusement)* » (Mc 2, 17). Et sur lui-même encore, Jésus usera de l'expression araméenne « *bar enasha* (Fils de l'Homme) » pour justifier son comportement : « le Fils de l'Homme n'est pas venu pour être servi, mais pour servir » (10, 45) ; ou encore, pour s'inquiéter d'une menace mortelle : « Le Fils de l'Homme va être livré... » (9, 31).

Mais, d'un autre côté, la même expression appelle l'idée d'un lien étroit entre lui-même et la figure transcendante du juge des derniers temps, dont parle *Daniel* 7, 13 s. Non pas qu'il faille penser, au niveau de Jésus, à une immédiate et entière identification avec ce Fils de l'Homme eschatologique ou ce juge des derniers temps. Car l'identification demeure à venir, avec la conviction de la victoire finale de Dieu, où Jésus aura la place éminente, par-delà tous les vicissitudes du jour : « Celui qui aura rougi de moi... le Fils de l'homme rougira de lui » (Mc 8, 38) et « Quiconque se déclarera pour moi devant les hommes, le Fils de l'Homme aussi se déclarera pour lui devant les anges de Dieu » (Lc 12, 8). Cette conviction s'exprime jusque devant les autorités religieuses qui l'accusent : « Vous verrez le Fils de l'Homme siégeant à la droite de la Puissance *(Dieu)* venir... » (Mc 14, 62). Les soi-disant juges d'aujourd'hui seront jugés à leur tour. Comme on voit, le syntagme « Fils de l'Homme » allie l'expression d'une authentique humilité à la conviction d'un pouvoir transcendant qui sera plus tard le sien. L'ambiguïté de l'expression devient alors détonante. Toutefois, quelque peu bizarre aux oreilles d'un grec, elle ne devait guère être utilisée par la suite dans les communautés chrétiennes. Paul n'en use pas pour désigner Jésus. Car Jésus, seul, peut véritablement la prononcer.

Diverses désignations ou qualificatifs seront donnés à Jésus après Pâques, qui pour une part étaient déjà en germe lors de son ministère, mais avec une insistance ou des significations parfois sensiblement différentes. Remarquons d'abord que plusieurs titres donnés à Jésus ont vite disparu du vocabulaire chrétien. Ainsi en est-il de quelques expressions qui le désignaient dans le milieu judéo-chrétien, tels le *Serviteur*, le *Juste* et le *Saint* : « Vous avez renié le Saint et le Juste » (Ac 3, 13-14 ; voir aussi 7, 52). Déjà appliqués au Baptiste (Mc 6, 20) et, pour une part aussi, aux saints et aux justes des confréries pharisiennes et des communautés esséniennes, ces qualificatifs ne le qualifiaient pas suffisamment dans sa singularité. Il en sera de même de l'appellation « serviteur », largement attribuée à Moïse, à David et aux prophètes dans la tradition juive, et jusqu'au Maître de Justice à Qumrân. Elle tombera en désuétude dans les communautés pagano-chrétiennes.

Le titre de « prophète » n'aura guère plus de chance. Certes, Jésus l'attribue d'abord au Baptiste : « Qu'êtes-vous allés voir ? Un prophète ? Oui..., et plus qu'un prophète (à savoir le prophète des derniers temps) » (Mt 11, 9). Les premiers disciples l'appliqueront aussi à Jésus. Par exemple, sur le chemin d'Emmaüs les deux voyageurs rappellent que « Jésus le Nazarénien était un prophète puissant en action et en parole » (Lc 24, 19). Mais la tradition chrétienne évitera ensuite d'insister sur ce motif qui ravalait trop Jésus au niveau d'un simple prophète, tant il dépassait à leurs yeux tous les prophètes d'autrefois. Au fait, Jésus ne l'utilise à son propos que d'une manière indirecte : « Jésus leur disait : un prophète n'est méprisé que dans sa patrie » (Mc 6, 4) et « il n'est pas possible à un prophète de périr en dehors de Jérusalem » (Lc 13, 33). Ce qui n'empêchera pas les foules de crier au jour des Rameaux : « C'est le prophète Jésus de Nazareth de Galilée » (Mt 21, 11). En fait, le mot était singulièrement équivoque à l'époque. D'une part, depuis l'an 6 de notre ère, de prétendus rois ou messies tentaient de s'imposer à la foule (p. 109) et, d'autre part, depuis le temps du Baptiste, des prophètes ou des faux-prophètes ne cessaient de se présenter, tels de nouveaux Moïse, susceptibles de refaire les signes et les prodiges d'antan (p. 71). Ce genre de prophètes, plus ou moins « messianisés » selon le cas, constituaient en fait d'étranges rivaux au regard de Jésus et des premiers croyants (Mc 13, 22). On comprend alors la réticence de Jésus et des siens sur ce titre pourtant glorieux, porté par les anciens prophètes d'Israël. Déjà, la question messianique affleurait, jusque dans la violence.

Le titre de Christ, au sens premier de « oint de l'onction royale », eut une destinée plus glorieuse, mais non moins ambiguë. Car, cette fois, le titre devait persister dans la tradition chrétienne, quitte à en purifier le sens, sans aucun messianisme politico-religieux virulent. Paul parle souvent de Jésus-Christ, mais le mot Christ a alors perdu sa fonction première, selon laquelle il désignait un messie royal visant l'instauration d'un royaume terrestre. Chez l'Apôtre, « Jésus-Christ » est devenu simplement un nom propre. Mais qu'en était-il auparavant, dans le milieu judéo-chrétien et au niveau même de Jésus ? Certains judéo-chrétiens attendaient manifestement la venue d'un tel royaume, d'où la question formulée au départ du livre des *Actes* : « Seigneur, est-ce maintenant le temps où tu vas rétablir le royaume pour Israël ? (Ac 1, 6). L'église judéo-chrétienne de Matthieu en particulier mit en relief les divers titres directement messianiques de *Christ-Messie* (Mt 1, 16-18), de *Fils de David* (9, 27) et de *roi* (2, 2), sans parler d'une généalogie selon laquelle Jésus, par Joseph son père adoptif, s'enracinerait dans la lignée royale de David (Mt 1, 1 ss). Mais une telle conviction messianique était-elle déjà partagée par Jésus ? La question a longtemps été débattue par les historiens : Jésus a-t-il ou non repris le titre messianique à son compte ? Ou, du moins, l'a-t-il peu ou prou accepté des siens ou de la foule ? Il y a quelques décennies, la réponse était plutôt négative, par exemple chez Bultmann. Elle est maintenant plus positive, en raison d'une meilleure connaissance de la situation explosive de l'époque et, plus encore, à cause du *titulus* de la croix, dont nous parlerons au chapitre suivant. L'accusation de Pilate porte sur ce point précis, sous le couvert de la mention humoristique d'un “roi des Juifs. » Certes, cela ne signifie pas que Jésus ait directement milité en vue de capter ce titre prestigieux et dangereux, à la fois. Les évangiles donnent plutôt l'impression du contraire, comme il a été dit plus haut à propos de Mc 8, 27-33. Selon Jean, Jésus devait même fuir lorsque les foules voulurent le faire roi (Jn 6, 15). Pourtant, si Jésus récusait plutôt ce titre, il n'en accomplissait pas moins au regard de ceux qui le suivaient des signes directement messianiques, conformes aux gestes annoncés par les Prophètes d'Israël (Mt 11, 4-5). Plus encore, il se comportait à la manière de Moïse qui maîtrisait les eaux et distribuait les pains (p. 64). A nouveau, son action va plus loin que sa parole, comme si la parole en nuançait ensuite la virulence. Dès lors, les évangiles reflètent comme une sorte de contradiction, entre, d'une part, une revendication nécessaire de ce titre à la lumière du dessein de Dieu, inscrit dans l'Écriture, et, d'autre part, le refus d'une messianité qui acculera quand même Jésus à la croix. Car il est condamné sur titre messianique, inscrit par Pilate sur la tablette de l'accusation. Mais, cette raison, assurément déterminante au regard du préfet romain, était-elle la seule qui déclencha le drame ?

Le titre de *Fils* ou de *Fils de Dieu* pose un curieux problème, tant il était à l'époque relativement commun, mais avec des significations variables selon le cas. L'expression pouvait s'appliquer à Israël (*Exode* 4, 22), aux justes qui demeurent l'objet de la protection divine (*Sagesse* 2, 17-18), à David et à sa lignée (*Psaume* 2, 7), et même aux anges. Par ailleurs, les pièces de monnaie à l'effigie des empereurs romains portaient aussi les mots « Fils du Divin », et le culte idolâtre des empereurs mettait ce motif en exergue. C'est dire combien l'usage de ce mot pouvait revêtir divers sens, sans toujours qualifier la filialité en cause. Or, Jésus, sans s'attribuer directement le titre de « Fils de Dieu » (et non pas seulement « Fils »), devait néanmoins se situer continûment face à Celui qu'il désignait comme son Père, et cela d'une manière bien singulière. Il emploie en effet le mot araméen « Abba », qui dans l'usage populaire correspondait à l'expression familière « papa » (Mc 14, 36). Certes, le mot pouvait être utilisé pour désigner Dieu dans le Judaïsme rabbinique (en fait, les rares attestations qu'on en possède datent du IVe siècle de notre ère). Mais son usage dans le cadre d'une prière est par ailleurs inconnu. Or, c'est justement ce qui caractérise Jésus dans son dialogue avec Celui qu'il désigne « Père » (Mt 11, 25 s ; Lc 10, 21). Et, en conséquence, il en viendra à se désigner lui-même comme un « Fils », à un titre tout à fait particulier, comme dans la phrase qui suit : « Tout m'a été donné par mon Père. Et personne ne connaît le Fils, si ce n'est le Père... » (Lc 10, 22). Une telle appellation, d'une prétention inouïe, a ensuite été reprise par Paul (Rm 1, 3), mais aussi dans les milieux judéo-chrétiens, antérieurs à l'Apôtre et, pour une part, opposés à lui. C'est dire l'antiquité de cette désignation, acceptée par les plus anciennes communautés chrétiennes. Évidemment, elle pose de manière aiguë la question de l'identité de Jésus. Le titre qui suit sera aussi lourd de questions.

Le titre de « Seigneur » (en grec *ho Kyrios,* le Seigneur) devait surtout être accepté par Paul et quelques églises pauliniennes (chez Luc, mais non pas chez Marc). L'église judéo-chrétienne de Matthieu l'emploie seulement au vocatif *(Kyrie),* au départ d'une prière par exemple. Quant à Jésus, il semble ne l'avoir utilisé que d'une manière indirecte, par le biais d'une référence à l'Écriture (Mc 12, 36). Mais, là encore, le mot peut avoir plusieurs connotations, ainsi lorsqu'il est appliqué à un « maître de maison », lorsqu'il est attribué à Dieu dans la traduction grecque de l'Écriture, ou encore, aux seigneurs divins du monde hellénistique *(kyrios Dionysos).* Le mot était donc courant à l'époque, sinon quelque peu galvaudé. Avec le titre de Fils ou de Fils de Dieu, c'est l'un des plus importants dont usent les évangélistes grecs. Car là encore affleure ce que la tradition chrétienne postérieure appellera la divinité de Jésus : les judéo-chrétiens de langue grecque, avant Paul déjà, n'hésitaient à appliquer à Jésus ce nom par excellence de Dieu, repris des *Septante*, à savoir l'ancienne traduction grecque de la Bible hébraïque.

Toutefois, l'affaire se complique un peu, dans le cadre des anciennes communautés judéo-chrétiennes de langue araméenne, connues avant Paul et encore à son époque.

Car le grec *Kyrios* possède un équivalent araméen, « *Mar* ». Ce mot peut désigner un maître de maison ou s'appliquer aussi à Dieu, le Seigneur ou le Maître du monde. Les documents araméens découverts à Qumrân en donnent des exemples. Or, l'usage de ce mot apparaît déjà avant Paul, puisqu'il s'agit du premier cri chrétien, lancé au jour de Pâques : « *Marana Tha*, Notre Seigneur, Viens ! Nous reprendrons ce point dans le dernier chapitre. De toute façon, le sens dépasse ici celui d'un maître ou du Rabbi entouré de ses disciples. Il implique l'idée d'une appartenance qui relie les siens à Jésus, comme le croyant est relié à Dieu.

Achevons cette large présentation par une question : le Nouveau Testament désigne-t-il Jésus en lui donnant le nom divin ? La réponse est affirmative, et d'une double manière. D'une part, les croyants usent du langage hellénistique des communautés parlant grec, dans la coulée des traditions pauliniennes et johanniques surtout. Le nom divin est alors directement alloué à Jésus. Et, d'autre part, les judéo-chrétiens usent d'un langage sémitique où, en même temps, on évite d'accoler le nom divin à celui de Jésus pour ne pas mettre en danger le monothéisme radical d'Israël et on désigne Jésus dans sa personne ineffable, plus haute que Moïse et même les anges, au point d'en arriver à le faire « fonctionner » comme Dieu. Le monothéisme est sauvegardé, et le mystère de Jésus toujours ouvert, à la manière du Nom indicible de Dieu (*Exode* 3, 14 ; Jn 8, 58).

Relevons surtout les textes suivants. D'abord, chez Paul dans l'hymne aux Philippiens, à la gloire de Jésus dont « le nom est au-dessus de tout nom » (Ph 2, 9) et dans *Romains* sur « le Messie, lui qui est au-dessus de tout, Dieu béni pour les siècles » (9, 5 ; voir aussi 1 Co 8, 6). Puis, dans la littérature d'inspiration paulinienne, en particulier dans *Colossiens* : « C'est en lui qu'habite corporellement toute la plénitude de la divinité » (2, 9), et dans *Tite* : « Notre grand Dieu et sauveur, Christ Jésus » (2, 13). Faut-il ajouter combien la tradition johannique a fortement mis l'accent sur ce motif essentiel, en particulier dans *Jean* : « Au commencement était le

Verbe, et le Verbe était tourné vers Dieu, et le Verbe était Dieu. Tout fut créé par lui... » (1, 1 s), jusqu'à la reconnaissance finale de Thomas : « Mon Seigneur et mon Dieu ! » (20, 28). Le récit johannique devient alors l'histoire d'un immense blasphème aux oreilles des adversaires de Jésus : « Parce que toi qui es un homme tu te fais Dieu » (10, 33).

Par ailleurs, avant Paul déjà et au sein des premières traditions judéo-chrétiennes, la désignation transcendante de Jésus affleure continûment lors du rappel de ses paroles indépassables et de ses gestes étonnants. Un récit en particulier mériterait une longue explication, celui de la Transfiguration de Jésus (Mc 9, 2-10). Dans un langage d'images de frappe sémitique, et non point à l'aide d'un concept de la divinité à la manière grecque, Jésus est désigné, tel un nouveau Moïse, et plus haut que Moïse lui-même. Le voilà situé par les siens sur la montagne, au sommet d'un nouveau Sinaï, avec Moïse et Élie à nouveau présents (*Exode* 19, et *1 Rois* 19). Le monde nouveau est donc déjà commencé, et Jésus est transfiguré dans la gloire (littéralement « transformé »), comme si le monde de Dieu était déjà présent en lui. Quel est-il donc pour pouvoir prendre en quelque sorte la place du Dieu du Sinaï ? Quel est son « nom au-dessus de tout nom » (Ph 2, 9). Car le Sinaï, appelé aussi l'Horeb, est le lieu où Dieu déclare son nom (*Exode* 3, 1 . 14). Or, pour un Juif et donc un judéo-chrétien aussi, le nom de Celui qui s'exprime au Sinaï dépasse dans l'ineffable tout autre langage de ce monde qui voudrait qualifier ce que le monde grec désigne par le mot divinité.

Faut-il alors en conclure que Jésus s'est ainsi désigné, de quelque manière ? Apparemment, les autorités du Temple l'ont pensé, en l'accusant de blasphème (Mc 14, 64). Le croyant le confesse aussi, mais une telle affirmation relève éminemment de la foi. Quant à l'historien, à son niveau propre, il ne peut que laisser ouvert le mystère de Jésus.

Chapitre VI

LA CROIX

Comment et pourquoi Jésus de Nazareth a-t-il été condamné et crucifié au jardin du Golgotha ? Depuis quelques décennies la réponse à cette question s'est notablement clarifiée, en raison de découvertes archéologiques importantes et d'un certain consensus exégétique à ce propos, qui n'exclut heureusement pas de sensibles variantes entre les spécialistes. Rappelons d'abord quelques données générales, avant de préciser les moments principaux de ce que la tradition chrétienne appelle le Chemin de la Croix. Là encore, ce discours s'inscrit dans la ligne d'une investigation historique, avec les limites qui lui sont propres. L'historien ne cherche pas à prouver. Il constate. Et en même temps, plus qu'hier, il peut cerner davantage l'événement en question, sans pour autant prétendre le recréer, à la manière illusoire des historiens du XIXe siècle.

I. — Remarques préalables

Les données d'origine non chrétienne sur la mort de Jésus n'ont guère changé ces temps derniers, mais l'investigation littéraire et historique des textes évangéliques s'est précisée, et la documentation archéologique est maintenant renouvelée. Il est inutile de revenir longuement sur les quelques allusions des auteurs anciens à la mort de Jésus. Le *Témoignage Flavien,* malgré le probable remaniement du texte original de Josèphe, n'en garde pas moins sur certains points sa valeur: «En ce temps-là paraît Jésus, un homme sage... Et quand Pilate, sur la dénonciation des premiers parmi nous le condamna à la croix, ceux qui l'avait aimé précédemment ne cessèrent pas *(de l'aimer)*» (*Antiquités juives*, XVIII, § 63-64). On relèvera le nom de Pilate, accompagné de la mention de la condamnation romaine de Jésus, par crucifixion, et non pas à la manière juive, par lapidation. On remarquera aussi la mention des «premiers d'entre nous», une expression populaire pour désigner les autorités juives: les grands prêtres et les notables surtout, comme le diront les évangiles. Enfin, l'affaire a débuté par une dénonciation de ces autorités religieuses, sans qu'il y ait chez Josèphe la moindre allusion à un procès et à une condamnation proprement juifs.

Le second document est tiré de l'historien romain Tacite, vers l'an 120 de notre ère: après l'incendie de Rome, «Néron produisit comme inculpés... des gens... que la foule appelait chrétiens. Ce nom leur vient de Christ, que sous le principat de Tibère, le procurateur Ponce Pilate avait livré au supplice» (*Annales* 15, 44). On relèvera à nouveau le nom de Pilate avec le titre de procurateur. En fait, son titre exact au temps de Jésus était celui de préfet. La découverte d'une inscription sur pierre, trouvée en 1961 au théâtre de Césarée maritime le certifie: *« Pontius Pilatus praefectus »*. Plus tard, à l'époque de l'empereur Claude en 46 apr. J.-C., le gouverneur de Judée s'appellera procurateur. D'où, l'anachronisme de Tacite, souvent repris dans la tradition chrétienne.

D'autres données d'origine juive ne manquent pas d'un certain intérêt. Car, malgré leur caractère tardif (avant le ve siècle), elles montrent à leur manière comment la tradition juive répercutait le souvenir de Jésus et de sa mort. Voici un texte tiré du *Talmud de Babylone*: «La veille de la Pâque on pendit Jésus *(Yeshu)* le Nazaréen. Le héraut avait marché quarante jours devant lui en disant: Voici Jésus le Nazaréen qui va être lapidé parce qu'il a pratiqué la sorcellerie et qu'il a séduit et égaré Israël. Que tous ceux qui connaissent quelque chose à sa décharge vienne plaider pour lui, mais il ne se trouva personne pour prendre sa défense, et on le pendit la veille de la Pâque» (traité *Sanhedrin* 43*a*). Le verbe *pendre* a ici le sens d'attacher à une croix à l'aide de clous ou de cordes, comme chez Paul, appliqué à Jésus dans Ga 3, 13, sans qu'il soit ici question de pendre la corde au cou. On relèvera aussi les motifs de la condamnation: la magie au sens ancien du mot, la séduction et l'égarement. Or, c'est justement cela que les autorités juives reprochaient aux prophètes ou, plutôt, aux «faux-prophètes» de l'époque de Jésus (ainsi, dans Mc 13, 22), car ils mettaient en danger la vie même du peuple dans le contexte de l'occupation romaine. Mais le plus étonnant porte sur les deux points suivants. D'abord, cette ancienne tradition juive n'hésite pas à assumer l'entière responsabilité de la condamnation de Jésus, alors que les premières traditions chrétiennes restaient plutôt partagées en la circonstance: les uns soulignaient la responsabilité de Pilate et, d'autres, la responsabilité des autorités juives ou même des Juifs en général (1 Th 2, 15; Mt 27, 25). Par ailleurs, la tradition juive susdite veut répondre à une accusation chrétienne selon laquelle le procès de Jésus aurait été bâclé. Il n'en aurait rien été, car pendant quarante jours on chercha vainement des gens qui puissent défendre sa cause! L'indication est apologétique, à la différence d'un procès à la va-vite, tel qu'il apparaît dans les récits de la Passion. Un dernier point encore. Jésus serait mort la veille de la Pâque juive, c'est-à-dire le 14 du mois lunaire de Nisan. La chronologie du récit johannique s'accorde avec cette indication, à la différence de celle des autres évangélistes qui situent cette mort le matin même de la fête juive de Pâque, le 15 du mois de Nisan. Signalons enfin que les légendes anti-chrétiennes, reprises dans les *Toledot Yeshu* et sur lesquelles s'appuyait Voltaire (*Lettre sur les Juifs. Mélanges*, coll. La Pléiade, Paris, 1965, p. 1212), datent du haut Moyen Age et n'ont aucune valeur historique, sinon celle de refléter l'état d'esprit du ghetto à cette époque.

De son côté, la documentation archéologique s'est largement enrichie, non point directement sur Jésus, mais sur de nombreux éléments dont parlent les évangiles. Il est maintenant possible de relater avec une certaine précision l'itinéraire et les modalités de la crucifixion. Relevons seulement trois points. D'abord, d'importantes fouilles ont été faites à « la Tour de David », à l'ouest de Jérusalem, près de la porte de Jaffa. Cet ancien palais d'Hérode le Grand devint, après l'an 6 de notre ère, le palais du préfet, dit Prétoire. Autrefois, on situait ce palais à l'Antonia, une forteresse sise au nord-ouest du parvis du Temple, où l'apôtre Paul devait être plus tard emprisonné (Ac 21, 34). Le point a son intérêt, car il met directement en question l'ancien chemin de Croix, connu seulement depuis le Moyen Age sous le nom de *Via dolorosa* (allant de l'Antonia au Saint-Sépulcre). L'itinéraire authentique de la Passion allait donc de la place du Prétoire où Pilate condamna Jésus au petit matin, pour descendre ensuite dans quelques ruelles aboutissant à une large rue, jalonnée plus tard de colonnes à l'époque de Constantin. Car il importait de traîner les condamnés dans les lieux les plus fréquentés de la ville, afin de servir d'exemple. L'artère aboutissait à l'une des portes percées dans le « second Mur », au nord de la ville (l'actuel mur nord de Jérusalem est plus tardif). Le tracé de cette seconde muraille demeure encore indécis. Mais deux portes en sont connues, dont l'une, à 80 m du Saint-Sépulcre, est encore visible à l'hôpital Alexandre, tenu par des sœurs de rite grec. La deuxième découverte importante est celle des pieds d'un crucifié du Iᵉʳ siècle de notre ère, découverts en 1968 dans un ossuaire à Giva'at ha-Mitvtar à Jérusalem. Il est maintenant possible de décrire avec précision les horribles pratiques d'une crucifixion à la romaine. La troisième découverte, qui demeure encore à étayer, porte sur le site même du Saint-Sépulcre. Situé en dehors de la ville, dans des carrières abandonnées devenues un lieu de plantation, on découvre un étonnant bloc rocheux de 4,92 m. de haut, en forme de crâne, d'où le nom de calvaire, en araméen *Goulgoutha* (Mc 15, 22). Les crucifixions n'avaient évidemment pas lieu au sommet de ce roc qui donna son nom au jardin en question (Jn 19, 41). Autour, on a retrouvé des tombes datant du Iᵉʳ siècle. Le lieu servait donc de cimetière, toujours situé en dehors des remparts d'une ville, et les exécutions avaient généralement lieu près des tombes pour éviter de transporter les cadavres.

Enfin, les quatre récits évangéliques ont été l'objet d'une étude critique rigoureuse, en leur convergence et divergence à la fois. Ces quatre textes s'accordent largement entre eux à partir de l'arrestation de Jésus (Mc 14, 43 ss ; Mt 26, 47 ss ; Lc 22, 47 ss et Jn 18, 2 ss). Le récit de base, de l'arrestation au tombeau ouvert de Jésus (Mc 14, 1 à 16, 8), constitue sans doute l'une des pièces littéraires les plus archaïques du Nouveau Testament, véhiculée d'abord oralement, puis, par écrit. C'est là un rare document de l'antiquité rapportant un récit historique détaillé et chronologiquement disposé sur quelques heures. Le point est d'autant plus curieux que ce récit porte sur un fait considéré par tous comme horrible : la crucifixion est le châtiment d'un esclave, d'un trublion politique ou d'un prisonnier de guerre. A moins de s'en moquer à la manière de Plaute (*Mostellaria* 359-360), ce genre d'histoire semblait bien incorrect à l'époque. Les croyants vont pourtant situer ce souvenir au cœur de leur foi.

Marc en a repris la tradition, l'a pourvue d'une introduction (Mc 14, 1-42), avant de l'introduire dans son ensemble évangélique, rédigé probablement à Rome vers l'an 70 de notre ère. A leur tour et indépendamment l'un de l'autre, Matthieu et Luc ont réécrit le texte de Marc, en l'adaptant à leurs propres destinataires. Ils ajoutèrent alors d'autres éléments véhiculés dans leurs propres traditions communautaires. Ainsi, Matthieu possède en propre : les tractations entre Judas et les grands prêtres (Mt 27, 3-10) ; l'intervention de la femme de Pilate (27, 19) ; l'ouverture du tombeau (27, 52-53) ; la garde auprès des tombeaux (27, 62-66). De son côté, Luc parle de la comparution de Jésus devant le roi Hérode Antipas (Lc 23, 8-12), des pleureuses

(23, 2-31), du bon larron (23, 39-43), la dernière prière de Jésus (23, 46) et le repentir de la foule (v. 48). On relèvera aussi que cet évangéliste ne fait aucune mention d'un procès nocturne de Jésus devant les autorités juives. Enfin, une simple lecture montre la différence entre les trois synoptiques et la tradition johannique. Chez ce dernier il n'est question que d'un procès devant Pilate, sans allusion à quelque procès juif devant le tribunal, dit Sanhédrin. Jésus devait toutefois comparaître durant la nuit devant l'ancien grand prêtre Anne, qui n'avait plus alors de juridiction officielle, puis, devant son gendre Caïphe, le grand prêtre en exercice (Jn 18, 13-24). Ces rencontres nocturnes jouèrent un rôle essentiel dans la suite des opérations, sans qu'on puisse cependant les cataloguer de premières instructions officielles ou *a fortiori* de procès juif. Sur ce sujet et d'autres encore, la tradition johannique diffère donc sensiblement de celle des synoptiques. Le point est historiquement important, d'autant plus qu'on ne peut guère découvrir de connivences littéraires entre ces traditions. Or, d'un point de vue historique, il est plus important de travailler sur les échos diversifiés d'un événement donné, plutôt que sur des récits au ton monocorde, fondus dans le même moule et ne reflétant qu'une voix des multiples témoignages véhiculés oralement depuis le matin de Pâques.

II. — **Quelques conclusions littéraires et historiques**

Par-delà les différences de détails entre les spécialistes modernes sur les événements de la Passion, une certaine opinion commune, au plan littéraire et historique, est en passe de s'imposer ou presque. Sur trois points surtout : sur le genre littéraire de ces récits ; sur le procès romain de Jésus, non précédé d'un procès juif à proprement parler ; enfin, sur l'épineux problème de la responsabilité juive en l'occurrence.

Parlons du genre littéraire. Le récit évangélique n'a pas été écrit pour « faire de l'histoire » et rapporter seulement un souvenir d'hier. L'événement de la Croix constitue aux yeux d'un évangéliste le point de départ du salut. On ne le rappelle pas comme une pièce biographique, tels les derniers moments de quelqu'un qu'on aime, mais comme ce qui, maintenant, fait vivre. Car ce récit, sans la foi en la résurrection, ne se serait jamais imposé à la mémoire. Ce n'est donc pas seulement le récit d'une crucifixion parmi d'autres, mais l'histoire d'un crucifié, confessé hautement comme ressuscité et toujours vivant. La narration dépasse en conséquence les récits quelque peu analogues, connus dans l'ancienne tradition juive et portant sur le sort des prophètes persécutés et mis à mort (ainsi, dans la *Vie des Douze Prophètes*). Matthieu porte encore l'écho de ces traditions juives dans Mt 23, 29-36.

Reprenant les souvenirs des premiers témoins (Pierre, Simon de Cyrène, les femmes et autres), les premières traditions communautaires en ramassèrent progressivement les éléments, à chaque fois médités à travers le prisme des Écritures. Comme le déclare Paul, en écho à la première proclamation de foi datant d'avant les années 50 : « Le Christ est mort pour nos péchés selon les Écritures, il a été enseveli, il est ressuscité le troisième jour selon les Écritures » (1 Co 15, 3 *b* - 4). Lors des assemblées chrétiennes, la mémoire du crucifié, maintenant ressuscité, constitue le cœur des premières liturgies, où les événements du Golgotha sont médités en fonction du texte des Écritures, et particulièrement du Psaume 22 (ainsi, dans Mt 27, 34-35. 43. 46). Car cette mort inadmissible du Messie devait au regard de la foi répondre éminemment au dessein souverain de Dieu. Sinon, comment expliquer une telle crucifixion, alors même que le *Deutéronome* portait : « Maudit soit quiconque pend au gibet » (Dt 21, 23, cité par Paul en Ga 3, 13) ? Jésus est mort et il est ressuscité « selon les Écritures », et les premiers croyants relurent toute leur Bible pour mieux distinguer le projet de Dieu à l'endroit du crucifié, maintenant ressuscité. Citons en particulier le Poème du Serviteur souffrant, lu dans *Isaïe* 52, 13 à 53, 12.

L'événement, diversement raconté au sein des communautés, devait aussi faire l'objet de quelques aménagements secondaires. Si Matthieu reprend largement Marc, avec quelques additions, Luc évite de son côté de rapporter des détails trop horribles, susceptibles de heurter inutilement ses lecteurs grecs. Il ne mentionne pas le couronnement d'épines, jugé infamant à l'époque (Mc 15, 16-20), et il transforme le cri d'abandon de Jésus sur la croix en paroles de pardon et de confiance en Dieu (comparer Mc 15, 34 et Lc 23, 34.46). Jésus garde toute sa dignité. Et plus encore chez Jean, où la gloire divine de la Résurrection perce chacun des mots de la crucifixion du Seigneur.

Plus encore, l'événement a fait l'objet d'une réflexion théologique pour signifier, dans la langue imagée du premier judéo-christianisme, comment le salut de Dieu passe dans cet événement même. Ainsi explique-t-on la curieuse mention des ténèbres qui recouvrirent la terre au moment de la mort de Jésus, et celle d'un tremblement de terre (Mt 27, 45.51), tel un retour au tohu-bohu des origines, avant la création nouvelle, désormais fondée sur la croix (*Genèse* 1, 1). De même, le rideau du Temple voilant le Saint des Saints se déchire (Mc 15, 38), car Dieu n'est plus dans son Temple d'hier, mais dans la personne même de son Christ (Jn 2, 21). Plus étonnant encore, de « nombreux saints défunts ressuscitèrent » selon Mt 27, 52 s, pour signifier combien la vie nouvelle, surgie de la Croix, se déverse aussi sur les justes de l'ancienne Alliance. Le salut du Christ atteint même ceux d'hier. Mais laissons ce jeu d'images théologiques pour ramasser maintenant l'opinion exégétique sur deux questions toujours brûlantes de nos jours : celle d'un unique ou de deux procès de Jésus et celle de la responsabilité juive en la circonstance.

Les historiens du Nouveau Testament parlent actuellement de moins en moins d'un double procès de Jésus : le procès juif devant le Sanhédrin, tenu durant la nuit, avec un motif dit religieux, puis, un procès romain, pour motif politique. Ce qui n'éliminerait pas pour autant l'initiative des autorités religieuses du Temple dans le déclenchement du procès romain. D'autres, cependant, continuent de parler de deux procès successifs, à la manière de Marc

(14,53 ss et 15,1 ss). Au contraire, Jean (18,28 ss) ne mentionne qu'une condamnation devant Pilate. Enfin, Luc (22,54 ss) parle d'une session du Sanhédrin, mais au matin seulement, peu avant la condamnation devant Pilate. Il n'est plus question d'une condamnation juive à proprement parler. D'ailleurs, même chez Marc, les sanhédrites « le condamnèrent comme méritant la mort » (14,64), et non pas simplement : « ils le condamnèrent à mort ».

On le voit, la situation est assez complexe. Deux procès successifs semblent historiquement peu vraisemblables, sinon impossibles, comme si les romains devaient seulement enregistrer les humeurs religieuses des chefs du Temple. Ce n'était pas le cas à l'époque. Par ailleurs, une session officielle d'un tribunal juif durant la nuit braverait tous les interdits, et cela, alors même que la fête juive de Pâque venait à peine de commencer. Plus encore, un jugement juif avec condamnation à mort est d'autant moins vraisemblable que les autorités juives n'avaient plus le droit de glaive depuis la mainmise romaine sur la Judée, comme le rappellent explicitement Jean : « Nous n'avons pas le droit de mettre quelqu'un à mort » (18,31) et Flavius Josèphe (*Guerre des Juifs*, II, § 117). A ce propos, on se gardera ici d'assimiler ce droit à quelque lynchage, sans procès, à la manière de celui d'Étienne (Ac 7,55 s) ; ou encore, à un abus de pouvoir du grand prêtre qui profiterait de la vacance du gouverneur romain ; et *a fortiori*, à la mort immédiatement encourue par l'étranger qui oserait fouler les parvis intérieurs du Temple. En 1871, Charles Clermont-Ganneau découvrit l'inscription suivante, avertissant le délinquant : « Que nul étranger ne pénètre à l'intérieur de la balustrade et de l'enceinte qui sont autour de l'esplanade du Temple : celui qui serait pris serait cause de la mort qui s'ensuivrait. »

Par ailleurs, on ne connaît pas le droit juif régissant à l'époque les procès tenus devant le Sanhédrin. La *Mishna*, dans son traité *Sanhédrin* rédigé à la fin du IIe siècle de notre ère, rapporte des règles précises en la matière. Mais ce droit est marqué du sceau tardif des scribes pharisiens, alors qu'avant l'an 70 de notre ère le Sanhédrin demeurait essentiellement sous la coupe des sadducéens. On ne peut donc pas appliquer, sans plus, ces règles juridiques postérieures et quelque peu idéales au cas précis de Jésus. En fait, ce sont les prêtres du Temple, d'obédience surtout sadducéenne, qui portent la responsabilité des événements. Ce sont eux surtout qui, à la va-vite, ont lancé l'affaire d'un prétendu trublion devant le tribunal de Pilate. Or, durant le temps des fêtes, lors de la Pâque entre autres, les dirigeants romains veillaient à juguler tout mouvement fougueux de la foule, en éliminant les agitateurs. Jésus fut considéré comme l'un d'eux.

Pilate ne devait-il cependant respecter les règles du droit romain ? En fait, le point ne l'embarrassera guère du moment qu'il avait à faire à un autochtone, à un non citoyen romain, c'est-à-dire à quelqu'un qui, aux yeux des romains, n'était en fait qu'un étranger-résident au sein même de leur pays. Pilate n'avait pas à s'encombrer de règles juridiques, d'autant plus que l'homme troublait, disait-on, l'ordre public. Le Droit régissant le procès d'un citoyen romain est ici hors contexte. Le jugement est *extra ordinem,* et tout se passera en quelques heures à peine. Les évangiles portent l'écho d'un procès rapide, sinon bâclé, pour se débarrasser au plus vite d'un gêneur.

L'événement passé, la question revient, toujours récurrente : qui est responsable de cette mort ? Le point est délicat et la réponse exégétique demeure nuancée. D'un côté, la responsabilité de Pilate est évidente, et en même temps on constate le silence relatif des premières traditions chrétiennes à ce propos. Car il importait aux judéo-chrétiens et *a fortiori* aux helléno-chrétiens, bientôt dispersés dans le monde romain, de ne pas se présenter comme des rebelles devant l'autorité romaine. Les communautés chrétiennes recherchaient la paix, malgré les accusations de Néron à la suite de l'incendie de Rome (en l'an 64). Certes, la responsabilité de Pilate n'est pas oubliée, mais sans impliquer l'autorité romaine en général. D'un autre côté, la responsabilité juive n'en paraissait pas moins éclatante, et la tendance fut même d'en accentuer les contours. Cette tendance s'exprime chez Marc et Matthieu surtout, en donnant l'impression d'officialiser l'intervention des grands prêtres dans le cadre d'un procès juif en bonne et due forme. Marc parle même de « tout le Sanhédrin » qui se serait alors réuni avec ses soixante et onze membres (Mc 14, 55 ; 15, 1), mais Luc évite une telle généralisation d'allure polémique (Lc 22, 66). De là vient, chez Marc et Matthieu seulement, cette étrange apparence de deux procès qui se succèdent.

Encore faut-il préciser les responsabilités juives en question. Car le monde juif était alors des plus divers, sinon éclaté. N'oublions pas que ce sont des Juifs, en l'occurrence des judéo-chrétiens, qui portèrent légitimement l'accusation contre les autorités du Temple. La querelle est entre Juifs, entre ceux qui confessent Jésus et ceux qui ne le reconnaissent pas, et non pas entre la Synagogue et l'Église, comme nous disons aujourd'hui. Plus encore, au regard même des évangiles, les Juifs en général ne sont pas accusés, mais les chefs religieux : « les grands prêtres, les anciens et les scribes » (Mc 14, 43.53 ; 15, 1). Tel est le trio qui reparaît continuellement dans le plus ancien récit de la Passion selon Marc, et non pas directement le groupe religieux, dit pharisien. Précisons quelque peu.

On entendait alors par grands prêtres, d'abord le grand prêtre en exercice, en l'occurrence Caïphe, puis ses prédécesseurs encore vivants, tel Anne. Les divers officiers du Temple régissant le Trésor, l'administration et la police avaient aussi droit au titre (voir Ac 4, 6). Les Anciens désignaient des notables de Jérusalem et de ses environs, directement liés au parti sacerdotal, dit sadducéen. Enfin, des scribes, d'origine laïque surtout et d'affinité pharisienne ou non selon le cas, constituaient la troisième part des membres du Sanhédrin. Or, dans le récit de Marc, on fera un double constat. Ce sont les grands prêtres qui mènent le jeu (Mc 14, 10.55.60-63). Il en sera de même lors de l'exécution de Jacques de Zébédée (Ac 12, 2), puis, de Jacques le frère de Jésus, en l'an 62, comme le déclare explicitement Flavius Josèphe (*Antiquités juives*, XX, § 200). Dans le récit de la Passion les membres des confréries religieuses pharisiennes ne sont pas directement nommés. Certes, Jésus s'affronta plus d'une fois à ces tenants d'une pureté rituelle rigoureuse (Mc 2, 16. 18. 24; 3, 6; 7, 1-5; 10, 2). Mais, sur plusieurs points aussi (le motif de la providence divine et de la résurrection des morts), il s'accordait avec les pharisiens. Jésus et les pharisiens demeurent proches, jusque dans leurs querelles. Jésus ne parle pas aux prêtres, sinon lors de la Passion; il discute une fois seulement avec des notables sadducéens à propos de la résurrection des morts (Mc 12, 18). Bref, les pharisiens, comme tels, n'apparaissent pas dans le récit de la Passion selon Marc. Ils ne sont pas directement désignés comme les adversaires meurtriers de Jésus. Plus tard, des pharisiens protégeront plutôt les premiers croyants contre les sadducéens (Ac 5, 17 s et 34 s). Le point a son importance, lorsqu'on sait que le Judaïsme d'aujourd'hui s'inscrit d'abord dans la ligne d'une tradition pharisienne.

Cela dit, il faut reconnaître que, très tôt, la tradition chrétienne a élargi sensiblement les responsabilités de la mort de Jésus à tous les Juifs qui ne le reconnaissaient pas. En particulier, les scribes d'affinité pharisienne devaient pratiquement être les seuls à résister à l'épreuve sanglante de la destruction de Jérusalem en l'an 70. Les autres mouvements religieux s'écroulèrent, en sorte qu'après la ruine du Temple, les pharisiens devinrent les adversaires par excellence. Matthieu n'hésita pas à les nommer dans le cadre de son récit de la Passion, en lieu et place des scribes dont parlait Marc (Mc 15, 1 et Mt 27, 62). Mais l'évangéliste judéo-chrétien mettra aussi l'accent sur une responsabilité plus large de son propre peuple (Mt 27, 25). De son côté, Luc saura, au contraire, rappeler la parole de pardon émise par Jésus sur la croix, accompagnée d'un repentir de la foule (Lc 23, 34 . 48).

Avant l'écriture des évangiles, dès les années 51-54, Paul devait signifier la lourde responsabilité des autorités juives en l'occurrence: «ceux qui ont tué le Seigneur Jésus et les prophètes; ils nous ont aussi persécutés» (1 Th 2, 15; voir aussi le discours de Pierre selon les

Actes; Ac 2, 23.36; 3, 13-15; 5, 30, 32). Mais Paul en étendra la responsabilité à toutes les autorités de ce monde qui méconnaissent Jésus: « Aucun des princes de ce monde ne l'a connue (la sagesse de Dieu qui est en Christ), car s'ils l'avaient connue, ils n'auraient pas crucifié le Seigneur de gloire » (1 Co 2, 6.8). En d'autres termes, c'est le péché des hommes, quels qu'ils soient, qui est mis ici en accusation. Une telle conviction n'a hélas pas empêché certains mouvements antisémites de s'appuyer abusivement sur le récit de la Passion, alors même que les réactions antisémites de Pilate et des soldats devaient en fait jouer contre Jésus lui-même. Bientôt, au IIe siècle de notre ère, l'Église luttera déjà contre Marcion et son antisémitisme virulent. Il n'en sera pas toujours ainsi.

Ces quelques considérations, largement tenues sur la Passion, ne voudraient pas cacher l'existence d'une énigme persistante. Elle porte sur la date de la mort de Jésus, nous en avons déjà parlé (p. 31). Il existe, en effet, un décalage d'un jour entre la chronologie de Marc (Jésus aurait été crucifié le vendredi, jour de la Pâque juive, tombant le 15 du mois lunaire de Nisan, à la troisième heure romaine correspondant pour nous à 9 h; Mc 15, 25) et la chronologie de Jean (la crucifixion tomberait un vendredi, veille de la Pâque, à la sixième heure romaine, à midi; Jn 19, 14). Sans doute la chronologie de Marc est-elle préférable, car un juge romain siégeait tôt, au petit matin, et l'exécution suivait immédiatement. N'allons pas trop vite déclarer qu'un tel jugement n'était guère possible un matin de fête, car il s'agissait là d'une fête juive seulement, sans aucun effet sur la pratique romaine. Comment expliquer alors la chronologie johannique? Peut-être cet évangéliste a-t-il voulu faire coïncider la mort de Jésus avec l'égorgement des milliers d'agneaux sur les parvis du Temple. La veille de la Pâque vers 15 h, les agneaux étaient immolés en très grand nombre, avant d'être préparés pour le repas pascal, le soir du quatorze Nisan. Jésus n'est-il pas par excellence l'agneau pascal (Jn 1, 29 et 19, 36)?

III. — Les événements

L'arrestation. — L'arrestation de Jésus peut être décrite avec une certaine précision d'après Marc (14,43-52). Les raisons qui l'ont provoquée sont plus difficiles à dire, car elles touchent au cœur de l'identité et de l'action du Nazaréen. La scène se déroule dans « un jardin, au-delà du torrent du Cédron » (Jn 18,1), sur le mont des Oliviers (Mc 14,26). Le lieu est appelé Gethsémani, en araméen *Gat Shemanin*, signifiant pressoir à huile. Le domaine est grand, et, durant les fêtes juives de la Pâque, la ville de Jérusalem (de 25 à 30 000 habitants) déverse en ces lieux proches une foule de pèlerins qui ne savent trop où loger – près de 125 000, dit-on.

Selon Marc, une bande « munie d'épées et de bâtons » (14,43) vint arrêter Jésus. C'est la nuit, ils doivent s'éclairer de lanternes et de torches (Jn 18,3). Ce ne sont pas ici des soldats romains, qui n'usaient guère de bâtons en ce genre de circonstance. Sans doute, de la forteresse Antonia auraient-ils pu facilement intervenir avec leurs armes, mais un fauteur de troubles aurait alors été conduit à un officier romain, et non pas devant des autorités juives. Marc précise d'ailleurs que le groupe a été envoyé par « les grands prêtres, les scribes et les Anciens » (Ac 14,43). Les adversaires de Jésus sont d'abord les grands prêtres, entourés d'une police qui n'avait pas bonne réputation, comme le rappelle un ancien texte rabbinique : « Malheur à moi à cause de la famille des *(grands prêtres)*. Malheur à moi à cause de leur lance... Ils sont grands prêtres, leurs fils trésoriers du Temple, leurs gendres surveillants, et leurs serviteurs battent le peuple à coups de bâton ! » (*Tosefta Menahot* 13,21). Il est pourtant question d'une cohorte romaine selon Jean (18,3.12). Ce qui paraît étonnant. On ne déplace pas six cents hommes pour une arrestation ! Peut-être cet évangéliste voulait-il souligner la responsabilité romaine en l'occurrence, au moins pour avoir laissé les gens du Temple accomplir leur besogne. Car tous étaient sur le qui-vive, sinon un peu armés, y compris quelques disciples (Lc 22,38). Une certaine échauffourée accompagna même l'arrestation: «Un de ceux qui se tenaient là, ayant dégainé son épée, frappa le serviteur du grand prêtre et lui coupa l'oreille» (Mc 14, 47). Ce qui était grave, puisqu'une telle mutilation le rendait impropre au service du Temple; ainsi, d'après *Lévitique* 21, 16-23 et Flavius Josèphe, *Antiquités juives,* XIV, § 365-366). Par la suite, Jean précisera le nom des protagonistes: Pierre et l'oreille droite de Malchus (18, 10). Bref, Jésus refuse d'être assimilé à un «hors la loi» (Mc 14, 48) et il n'use pas de la force: «Remets ton épée à sa place car tous ceux qui prennent l'épée périront par l'épée» (Mt 26, 52).

Le rôle de Judas en l'affaire n'apparaît pas clair. L'homme et son père portaient le surnom d'*Iscariote,* c'est-à-dire «homme de Kyriat», le nom d'un village (*Jérémie* 48, 24; Jn 6, 71). Quelle est la faute de Judas? Celle d'avoir guidé la troupe durant la nuit? Jésus ne se cachait guère (Mc 14, 49). N'importe quel policier pouvait pister Jésus et les siens, sans qu'un guide soit nécessaire, au surplus un traître rétribué selon Marc (14, 11). Matthieu (26, 14-15) reprend ce dernier motif, en l'étayant d'un texte tiré de *Zacharie* 11, 12 pour signifier combien ce salaire était dérisoire et surtout infamant: «trente pièces d'argent»; c'est le prix d'un esclave (*Exode* 21, 32). La tradition chrétienne insiste pourtant sur le rôle de Judas, et l'on invente pas un traître pour rien. Judas renie Jésus et l'embrasse. Cette marque coutumière de respect d'un disciple à l'endroit de son maître devient ici le signe de reconnaissance de sa rupture (comparer à *2 Samuel* 20, 9-10). Mais d'autres, et Pierre lui-même, devaient aussi, à un moment donné, lâcher Jésus (Jn 6, 66; Mc 14, 66-72). Judas n'est pas le seul, même si, en plus des autres, il a trempé de quelque manière dans un projet atteignant la vie même de Jésus. Quel est donc le péché de Judas, considéré au niveau du rédacteur évangélique, et non pas à un niveau psychologique, celui de la supposée conscience de Judas en la circonstance? L'énigme trouve sans doute sa solution dans la formule souvent reprise dans les évangiles pour désigner Judas comme « l'un des Douze » (Mc 14, 10.43). Afin d'en saisir la portée, il faudrait longuement évoquer l'importance de ce groupe des Douze aux yeux de Jésus, comme le signe vivant d'un nouvel Israël déjà en construction (Mt 19, 28). Jésus n'a pas seulement annoncé la venue prochaine du règne de Dieu (Mc 1, 15), mais, dans un geste symbolique accompli à la manière des Prophètes d'Israël, il a déjà posé le fondement de cet Israël de demain. Il rassemble le groupe des Douze comme le signe des douze tribus de Jacob, à nouveau réunies dans l'Israël eschatologique (Mc 3, 16-19). Or, l'événement de sa mort allait démentir cette annonce, et la trahison de Judas défaisait son espérance, en ruinant son action. Après Pâques le groupe des Douze devra d'ailleurs être reconstruit de nouvelle manière avec l'élection de Matthias (Ac 1, 12-26).

Durant la nuit. — L'arrestation de Jésus est suivie d'une série d'événements difficiles à suivre avec exactitude. Selon Jean, Jésus fut d'abord traîné devant l'ancien grand prêtre Hanne. Ce dernier n'était plus en exercice, et c'est dire à l'avance combien les accusations qu'il portera contre Jésus n'avaient pas de caractère juridique. Jésus refusera de lui répondre (Jn 18, 19-21). Ensuite, la comparution devant Caïphe est à peine évoquée (Jn 18, 24), à la différence des Synoptiques où le récit est un peu plus étoffé (Mc 14, 53-65). Mais on relèvera que les évangélistes paraissent surtout renseignés sur des points externes à ces comparutions, tel le reniement de Pierre (Mc 14, 66-72). Autrement, ils ramassent brièvement quelques échos de ce qui leur est parvenu touchant ces comparutions successives, quitte à les englober dans le cadre apparent d'un procès en bonne et due forme.

Apportons quelques précisions, non pas sur la suite quelque peu obscure des événements de la nuit, mais sur les protagonistes en jeu et les raisons alléguées contre Jésus. Hanne avait été nommé grand prêtre par Quirinius, le légat de Syrie, après la destitution d'Archélaüs, l'un des fils d'Hérode le Grand, en l'an 6 de notre ère. Il exerça son pontificat jusqu'en 15. Puis, cinq de ses fils et l'un de ses petits fils furent nommés à ce poste jusqu'en 65. Auparavant, son gendre *Joseph Qayyafa* (un nom analogue a été découvert sur un ossuaire d'époque hérodienne) demeura en charge des années 18 à 37, alors que ses beaux-frères furent vite déposés. Car les grands prêtres étaient nommés par le préfet romain qui en changeait facilement, à prix d'argent. Mais Caïphe était un fin politique et un homme très riche. Quant à Pilate, dont il sera plus loin question, c'est un militaire de l'ordre équestre, devenu préfet de Judée, de l'an 26 jusqu'en 36 ou au début 37. Vitellius, le légat de Syrie, l'expédia ensuite à Tibère, pour s'expliquer auprès de l'empereur, après un massacre des Samaritains qu'il avait orchestré en l'an 36. Les auteurs juifs anciens devaient en dire le plus grand mal, tels Flavius Josèphe, à partir de faits précis et odieux (*Guerre des Juifs*, II, § 169-177), et Philon d'Alexandrie, d'une manière plus générale. Ce dernier rapporte un rapport à l'administration romaine, où il serait question de « ses concussions, de ses violences, de ses rapines, de ses cruautés, de ses tortures, de la série d'exécutions sans jugement, de sa cruauté épouvantable et sans fin » (*Legatio ad Caium* (Caligula), § 302-303). Au fait, Pilate avait été nommé à ce poste par le bras droit de Tibère, un certain Séjanus, connu pour son antisémitisme virulent. Pilate l'imitera, et le point a son importance lors de la Passion, avec deux conséquences : d'un côté, le préfet tergiverse pour faire pièce aux autorités du Temple qu'il n'aimait guère, et, de l'autre, il laisse s'épancher la cruauté des soldats (des troupes auxiliaires, très hostiles aux Juifs) pour mieux se moquer du « roi des Juifs ». L'antisémitisme a joué contre Jésus.

Les raisons de l'arrestation de Jésus par les autorités du Temple sont sans doute sensiblement différentes de celles alléguées ensuite devant Pilate. Sans qu'il faille pour autant parler d'un motif uniquement religieux dans un cas et d'un motif politique dans l'autre. A l'époque, le politique et le religieux faisaient largement corps. Un point les réunit de toute façon : aux yeux de tous ou presque, Jésus était un fauteur de troubles, ce qui suffisait déjà amplement à l'éliminer. D'autres raisons plus précises s'entremêlent, sans qu'il soit possible d'en privilégier aucune, sinon celle produite sur l'acte d'accusation, à savoir le *titulus* de la Croix : « Jésus, le Nazôréen, roi des Juifs (Jn 19, 19 ; Mc 15, 26). La question est considérable. Elle concerne toute la vie de Jésus, son identité et son action. En bref, l'arrestation fut-elle motivée en raison des accointances de Jésus avec Jean le Baptiste, mis à mort par Hérode Antipas pour cause de trouble selon Flavius Josèphe (*Antiquités juives*, XVIII, § 116-119) ? Mais l'affaire paraît déjà lointaine. Alors, est-ce en raison de son étrange attitude à l'endroit de la Loi, ou, plus encore, en raison de ses prétentions messianiques, de sa critique du Temple, sans parler du lien inadmissible qu'il prétendait avoir avec Dieu ? Chacune de ces pistes a sa valeur, mais, dans l'immédiat de son arrestation, sans doute faut-il privilégier deux ou trois points surtout.

Au regard des autorités religieuses, l'attitude de Jésus à l'endroit du Temple est scandaleuse. Car la critique dépasse celle d'une simple réforme du Temple. Cette merveille d'architecture, à peine achevée à l'époque, était vouée par Jésus à « l'Abomination de la désolation » (Mc 13, 14 reprenant *Daniel* 11, 31), c'est-à-dire à la Souillure radicale, sinon à la destruction entière. Et déjà son action intempestive au Temple ne pouvait laisser les prêtres indifférents. Car il en vint à bloquer un moment la vente des animaux pourtant nécessaires aux sacrifices (Mc 11, 15-17, et surtout Jn 2, 14-22, situé au départ de son récit pour lui donner plus d'importance encore). L'incident vint évidemment « aux oreilles des grands prêtres et des scribes » (Mc 11, 18). D'où, l'accusation portée contre lui, et répercutée, avec quelques remaniements sans doute, dans le cadre de ce qui nous apparaît maintenant comme le procès juif de Jésus : « Nous l'avons entendu dire : Je détruirai ce Temple fait de main d'homme et, en trois jours, j'en bâtirai un autre qui ne sera pas fait de main d'homme » (Mc 14, 58). Jésus récuse le Temple, tel qu'il est. Sans doute Marc ajoute-il que les témoins ne s'accordaient pas à ce sujet (Mc 14, 59). Ce sont des faux témoins, c'est-à-dire, dans le langage de l'époque, des témoins dont le cœur est faux, et non pas forcément des témoins qui inventent l'accusation. L'attitude de Jésus à l'endroit du Temple semble, il est vrai, assez complexe. D'un côté, il le fréquente et enseigne sous ses colonnades à la manière des scribes de l'époque, et de l'autre, il se met fortement à distance des prêtres, sans jamais participer directement à quelques sacrifices sanglants. Et il ira plus loin, en annonçant sa destruction (Mc 13, 2).

D'autres prophètes en Israël avaient autrefois annoncé la ruine du Temple, tel Jérémie surtout (*Jérémie* 26, 6-18). Ils furent malmenés ou tués (voir *2 Rois* 9, 7-8). Peu avant la ruine du Temple, Flavius Josèphe rappelle le cas d'un paysan qui se mit à crier en plein Jérusalem : « Voix *(au sens d'un tonnerre dévastateur)* de l'Orient, voix de l'Occident... voix contre Jérusalem et contre le Temple... voix contre tout le peuple ». *Il sera flagellé* « jusqu'à l'os », *puis relâché comme fou !* (*Guerre des Juifs*, VI, § 300-309). L'affaire ira plus loin avec Jésus.

Une telle accusation atteignant le Temple, et donc la Loi, n'est sans doute pas la seule à prendre en compte. La désignation messianique joua aussi son rôle, à la condition de saisir exactement l'enjeu et les nuances à apporter à ce propos, et cela, sur deux points. En premier, si des Juifs (et non pas tous les Juifs) attendaient un messie, fils de David, ce n'était évidemment pas pour le tuer ou le faire tuer ! Ce dernier devait d'abord faire ses preuves, sinon, on l'ignorait. Plus tard, avant l'an 135 de notre ère, un Juif se fera appeler le « Fils de l'Étoile » (*Nombres* 24, 17) et se prétendra messie. Il sera même reconnu par un rabbi célèbre de l'époque, rabbi Aqiba, puis, il prendra la tête de l'insurrection contre les romains. Il sera mis à mort par ces derniers, et non pas par les Juifs en raison de sa prétendue messianité. En second point, il importe relativement peu de savoir si Jésus s'est ou non directement désigné comme le messie, fils de David. On peut en douter historiquement. Tout dépend du sens précis donné à ce titre. Toutefois, dans le contexte exacerbé des « prophètes messianisés » dont il a été question au chapitre précédent, il faut reconnaître combien son entourage et la foule pouvaient facilement le désigner comme un messie, et combien Pilate lui-même en fera le nœud de la condamnation. Car l'acte d'accusation, écrit sur quelque tablette de bois et brandi devant le condamné jusqu'au Golgotha, portait en trois langues : « Jésus, le Nazôréen, roi des Juifs » (Jn 19, 19 s). Du point de vue romain, l'accusation messianique (royale) reste au cœur du débat. Jésus serait un trublion à la manière des prophètes susdits, sinon comme un Barabbas et les deux brigands condamnés avec lui (Mc 15, 6 s. 27).

Les accusations portées contre Jésus ne sauraient toutefois gommer une accusation plus fondamentale encore, qui transperce tout l'évangile, et pas seulement le récit de la Passion. Elle se résume dans l'accusation de blasphème, portée par le grand prêtre, même si le mot peut avoir à l'époque un sens assez large. Car, non seulement la Loi paraissait mise en péril, mais le lien étonnant que Jésus instaurait avec Celui qu'il désignait comme son Père ne pouvait guère être ignoré : « Es-tu le Christ, le Fils du Béni ? », demande Caïphe (Mc 14, 61). C'est l'identité de Jésus qui est finalement mise en cause, et non pas seulement son action. Même s'il n'y a pas eu de procès juif, même si la question susdite a été produite en d'autres contextes, sa pointe ramasse éminemment l'énorme interrogation des contemporains sur Jésus. Qui est-il donc ?

La condamnation. — Dès l'an 6 de notre ère, le préfet romain avait à Césarée son quartier général. A Jérusalem, il résidait dans l'ancien palais d'Hérode le grand, dit *Prétoire* et nommé en araméen *Gabbatha*, c'est-à-dire une hauteur dominant la Ville à l'Ouest. Devant le palais se trouvait un dallage en pierre, dit *Lithostrotos* (Jn 19, 13), et au petit matin selon la coutume romaine le préfet rendait la justice devant tous, assis sur une estrade (Mc 15, 16). Le récit de la comparution de Jésus devant Pilate est assez court chez Marc (15, 2-15). L'accusation survient d'une manière abrupte : « Es-tu – le roi des

Juifs ? », suivie d'un refus de réponse : « C'est toi qui le dis ! » et du silence de Jésus. Ensuite, aucune sentence n'est prononcée. Pilate laisse pratiquement la foule clore le débat.

Comme on voit, l'accusation est lourde, ramassée dans les mots « le roi des Juifs », employés surtout par les romains, avec une nuance plutôt péjorative. Jésus serait donc un agitateur, menaçant le pouvoir des Césars. L'affaire serait grave en raison des cas précédents. Rappelons quelques-unes de ces prétentions royales, en plus de l'action des soi-disant prophètes, dont il a été plus haut question. Flavius Josèphe rapporte qu'après la mort d'Hérode le Grand, « toute la Judée était pleine de brigandages. N'importe qui pouvait se proclamer roi à la tête d'une bande de rebelles qu'il s'était associés pour amener la perte de la communauté, en ne causant que des dommages insignifiants aux romains mais produisant le pire des carnages sur leur propre pays » (*Antiquités juives*, XVII, § 285). Plusieurs furent mis à mort, tels Judas, fils d'Ézéchias, et l'hercule Simon, un esclave d'Hérode qui ceint la couronne royale avant d'incendier Jéricho (§ 273-277). De même, Athrongès, un ancien berger, « ceignit le diadème, mais même après cela il continua un bon moment encore à ravager la contrée avec ses frères. Leur principal objectif était de tuer romains et gens du roi » (§ 278-284). Plus tard, en l'an 66 de notre ère au début de l'insurrection juive, Menahem, un fils de Judas le Galiléen, était « monté *(au Temple)* pour adorer, paré d'une tenue royale et entraînant à sa suite des sectateurs en armes » (*Guerre des Juifs*, II, § 434 s).

L'affaire Jésus n'était donc pas mince, et en même temps les récits évangéliques laissent plutôt penser que Pilate lui-même n'y croyait guère. Le point est renforcé chez Matthieu selon lequel Pilate voulait s'en laver les mains (Mt 27, 24-25). Au niveau du droit romain, une telle attitude est inacceptable, mais, ne l'oublions pas, dans ce genre de procès *extra ordinem,* visant des étrangers résidents (du point de vue des romains !), aucune règle juridique n'est contraignante. Le principal est d'abord de se débarrasser de l'affaire. C'est ce que Pilate tenta de faire, en renvoyant Jésus à Hérode Antipas, le tétrarque de Galilée (Lc 23, 6-12), Mais l'homme était trop fin diplomate pour se laisser prendre au jeu. Et il retourna l'affaire à Pilate. Ou encore, Pilate aurait tenté d'échanger Jésus contre un émeutier, nommé Jésus Barabbas (Mt 27, 16-17 ; le nom de Jésus ou Josué était courant à l'époque). Toutefois, la coutume de libérer un condamné pour marquer une fête n'est pas connue par ailleurs. Ce qui n'empêche évidemment pas des libérations occasionnelles, suivant l'humeur du prince. La pointe de ce curieux épisode semble néanmoins un peu trop apologétique : la foule préfère un meurtrier à l'auteur de la vie. La responsabilité de Pilate n'en demeure pas moins entière, sinon aggravée d'une certaine manière.

La condamnation à la crucifixion est romaine, et non pas juive. Chez ces derniers, du moins quand ils avaient « le droit de glaive », ce qui n'était pas le cas à l'époque de Jésus, les malfaiteurs étaient lapidés avant d'être juchés, morts, sur un gibet en bois. Les esséniens étaient plus cruels, et, après une lapidation, ils prévoyaient d'attacher au bois l'homme encore vivant. Par ailleurs, on connaît quelques exemples de crucifixions à la romaine, opérées par des Juifs. Ainsi, vers l'an 88 avant J.-C., le roi Alexandre Jannée fit crucifier huit cents Juifs au centre de Jérusalem. Ce mode d'exécution n'en demeure pas moins romain surtout, sous la responsabilité de Pilate en la circonstance. La crucifixion était assez courante à l'époque, surtout en cas de crise. Lors du siège de Jérusalem, Titus fera crucifier près de cinq cents Juifs par jour. Comme l'écrit Josèphe : « Les soldats, dans leur colère et par haine, ridiculisaient les prisonniers en les clouant chacun dans une posture différente » (*Guerre des Juifs*, V, § 451). Ajoutons un dernier détail rapporté par des traditions postérieures : Pilate a été exilé à Vienne en Gaule, et Hérode Antipas, à Saint-Bertrand de Comminges *(Lugdunum Convenarum)*. Mais pour d'autres motifs que l'affaire Jésus.

L'exécution. — Comme à l'ordinaire, le supplice commence par une flagellation, car il s'agit d'inspirer la crainte publique et d'affaiblir aussi le sujet, sinon de le tétaniser de quelque manière, avant de le traîner sur le lieu d'exécution. Le châtiment est public (Mc 15, 16). Les soldats auxiliaires, syriens ou samaritains stationnés à la forteresse Antonia, pouvaient s'en donner à cœur joie. Car le condamné doit être tourné en dérision. Jésus est donc déguisé en roi, avec un manteau rouge (la couleur royale ou celle d'un manteau de soldat), la couronne tressée d'un arbuste épineux et un roseau comme sceptre. Puis, les soldats jouent à lui rendre hommage. La scène semble un peu forcée, mais elle correspond en fait aux coutumes du temps. Le philosophe juif Philon d'Alexandrie raconte l'histoire d'un pauvre malheureux que la foule, durant l'été 38 de notre ère, voulait honorer comme un roi pour mieux s'en gausser « : ... Ils l'installèrent... bien en vue de tout le monde. Ils aplanissent une feuille de papyrus qu'ils lui mettent sur la tête en guise de diadème. Ils lui couvrent le reste du corps d'une carpette en guise de chlamyde et en guise de sceptre, l'un d'eux lui remet un petit bout de tige de papyrus du pays ; qu'il avait aperçu, jeté au rebut, sur la route... Quand on lui eut remis, comme au théâtre dans les farces, les insignes de la royauté et qu'il fut attifé en roi, de jeunes garçons, en guise de lanciers, bâton sur l'épaule, lui firent la haie des deux côtés, en jouant les gardes du corps. Ensuite d'autres s'avancèrent, qui pour le saluer, qui pour se faire rendre justice, qui pour lui présenter des requêtes d'intérêt public (*In Flacum,* § 37-39 ; trad. A. Pelletier). Par ailleurs, la fête des saturnales présente aussi quelques similitudes avec ce genre de parodie (Dion Chrysostome, IV, § 67 et Tacite, *Annales*, XIII, 15).

Les soldats emmènent ensuite le condamné sur le lieu d'exécution, et avec lui deux autres « brigands », soit de simples voleurs ou larrons, soit des séditieux politiquement dangereux – le mot a les deux sens à l'époque. L'exécution sera donc collective (Mc 15, 27.32). Le condamné doit d'abord porter sa croix ou, plus exactement, le *patibulum*, c'est-à-dire une traverse de bois qui sera ensuite hissée sur le piquet fiché en terre. Plaute rapporte une scène de ce genre en ces termes: «Qu'il porte son patibulum à travers la ville, puis, qu'il soit cloué à la croix» (*Carbonaria* 48); ou encore, «Ils te mèneront pas les rues, le *patibulum* sur la nuque, en te criblant de coups d'aiguillon» (*Mostellaria* 56-57). On empruntait alors les rues les plus fréquentées de la ville pour servir d'exemple, à la manière de ce condamné dont parle Josèphe: «*(César le)* renvoya enchaîné à Jérusalem, avec ordre de le livrer aux outrages des Juifs et, une fois traîné à travers la ville, de le décapiter» (*Guerre des Juifs*, II, § 246). Du Prétoire, situé près de l'actuelle porte de Jaffa, une rue descend dans la vallée du Tyropéon, avant d'atteindre une large artère à colonnades (du moins, depuis l'époque byzantine) et avant d'arriver à l'une des deux portes du rempart Nord de l'époque. Sans doute s'agit-il de la porte d'Éphraïm, à 400 m environ du Prétoire et à 80 m du Golgotha. Le long du parcours, une inscription sur tablette de bois, attachée au cou du condamné ou portée devant lui, indiquait à tous le motif de la condamnation; en l'occurrence: «Jésus, le Nazôréen, roi des Juifs», et cela en trois langues, précise Jean (19, 19-22). L'inscription injuriait à sa manière la foule juive. Sur le chemin Jésus rencontre quelques femmes qui se lamentent en se frappant la poitrine, du moins selon Luc (23, 27-31). D'ordinaire un condamné ne peut s'arrêter en route. Une coutume juive, il est vrai, permettait à une confrérie de femmes pieuses d'offrir une boisson narcotique, susceptible d'anesthésier quelque peu les souffrances du condamné. Les trois évangiles synoptiques ajoutent qu'un passant, sans doute près de la porte de la ville, fut réquisitionné pour porter la croix (Mc 15, 21). Une telle réquisition a des précédents, en raison de l'épuisement du condamné. Il s'agit en l'occurrence de Simon de Cyrène (en Libye) qui revenait des champs. La tradition nomme ses deux fils, Alexandre et Rufus, donc une famille judéo-helléniste de Jérusalem. Une tombe découverte en 1941, au sud-est de la vallée du Cédron, porte sur un ossuaire les mots : « Alexandre fils de Simon », avec une addition : *QRNYT* (cyrénéen ?). Plus tard, au IIe siècle de notre ère, un gnostique du nom de Basilide prétendra que Simon a été crucifié à la place de Jésus (d'après saint Irénée, *Adversus Haereses* I, 24, 4). Puis, le Coran (4, 157) reprendra le motif, tant une mort aussi ignominieuse ne convenait guère à un prophète de Dieu.

Les évangélistes nomment le lieu d'exécution Golgotha, d'un mot araméen désignant un crâne (en latin *calvarius*, d'où le mot calvaire). A l'intérieur du Saint-Sépulcre existe encore un rocher de 4,92 m de haut, en forme de crâne avec une sorte de nuque à l'arrière, découverte à la suite des fouilles récentes de la basilique (côté arménien). Sans doute le lieu a-t-il fait l'objet de nombreuses transformations depuis l'époque romaine, avec la construction d'*Aelia Capitolina*, sur l'ordre de l'empereur Hadrien en l'an 135 de notre ère. Longtemps, rien ne subsistait apparemment de ce lieu. Il fallut, au IVe siècle, procéder à d'énormes travaux de déblaiement pour retrouver cet étrange rocher qui donnait son nom au lieu-dit, parmi les plantations et les tombes.

Le lieu se situe hors les murs, selon l'usage juif et romain d'exécuter et d'enterrer en dehors d'une ville. Plaute ricane encore à ce sujet : « Te voilà, je pense, dans la posture où il te faudra bientôt mourir à la porte de la ville, les bras en croix sur le gibet » (*Miles gloriosus,* 358-9). Chez les romains on devait laisser les corps se décomposer sur place, à la différence de l'usage juif. Mais il faudra l'intervention de Joseph d'Arimathie pour obtenir de Pilate la permission d'enterrer Jésus (Mc 15, 43 s).

Selon Cicéron, la crucifixion est « le plus cruel et le plus horrible des supplices » (*In Verrem,* II, 5, 168 s). C'est le mode habituel de l'exécution d'un esclave (Tacite, *Histoires*, IV, 11). Elle sera plus tard abolie par Constantin. Le crucifié est d'abord dépouillé de ses vêtements, entièrement nu, malgré la réticence juive sur ce point. L'homme a les mains clouées sur la traverse de bois, puis, l'ensemble est hissé sur le bois fiché en terre, et les deux pieds sont à leur tour cloués. Ainsi en sera-t-il pour Jésus qui montrera ensuite ses mains et ses pieds (Lc 24, 39-40 ; Jn 20, 25-27). La découverte en 1968 des os d'un crucifié du nom de Yehohanan, à Giv'at ha-Mivtar, Jérusalem, permet de préciser le mode d'exécution : les pieds sont cloués, mais avec un seul clou dans le calcanéum. Par ailleurs, les clous traversaient les avant-bras, et non pas les mains qui se seraient déchirées sous le poids du malheureux. En outre, un croc en bois était placé au milieu du piquet pour soutenir le corps et l'empêcher de s'affaisser. Car le supplice devait durer. Il n'y avait pas de support pour les pieds. Au début du IIIe siècle seulement, un célèbre graffiti du Palatin représente Jésus, le crucifié à tête d'âne avec un support sous les pieds – l'âne désignait un Juif chez les païens de ce temps.

A l'aide d'un roseau avec une éponge au bout, les soldats voulurent deux fois lui donner à boire (Mc 15, 23.36), d'abord « un vin mêlé de myrrhe » à l'effet de stupéfiant (Dioscoride, *Matière médicale*, I, 64, 3), puis, la boisson vinaigrée des soldats, appelée *posca*. Jésus refuse. Les vêtements du condamné sont partagés selon la coutume romaine, en quatre parts, précise Jean (19, 23-24), ce qui indique le nombre des soldats en opération. Chacun des évangélistes recueillent à sa manière les dernières paroles de Jésus. Un mot surprend surtout, tiré du Psaume 22, 2 et cité en araméen : *Elâ(h)i lema shebaqtani,* c'est-à-dire « Mon Dieu, Mon Dieu, pourquoi m'as-tu abandonné ? » (Mc 15, 34). C'est un cri de désespoir, mais d'un désespoir qui se coule dans les mots du psaume biblique, ce qui le transforme en l'immense appel d'une foi qui se heurte au mystère du dessein de Dieu.

Les crucifiés mouraient par étouffement, dans l'impossibilité progressive de reprendre leur respiration. Ce qui pouvait durer des heures, sinon des jours, du moins lorsque le crucifié avait été attaché par des cordes à la croix. Les deux larrons qui entourent Jésus sont cloués comme ce dernier, et non pas simplement liés. La mort est très douloureuse, appelant souvent le condamné à crier sa haine à l'endroit de tous, jusqu'à l'épuisement. Pour hâter parfois la mort, les soldats brisaient les jambes du condamné qui s'effondrait et s'asphyxiait plus encore. Plaute mentionne cette pratique dite *crurifragium* (*Poenulus* 886). Autrement, un coup de lance certifiait la mort. Les Romains laissaient d'ordinaire les cadavres sans sépulture et sous bonne garde, leur corps laissé « aux vautours » (Suétone, *Auguste 13*). La famille ne peut s'en approcher. Il faudra la démarche d'un membre du Sanhédrin et l'autorisation de Pilate. Dans le contexte de la fête juive qui venait de commencer, il était difficile de laisser ainsi des corps en croix, tout près des murs de la ville. Flavius Josèphe rapporte un cas analogue et il précise que « ceux qui ont été crucifiés par décision judiciaire, ils les descendent et les ensevelissent avant le coucher du soleil » (*Guerre des Juifs*, IV, § 317). L'ensevelissement est alors rapide, dans l'un des tombeaux proches du lieu d'exécution, sans les soins funèbres habituels en la circonstance. Les crucifiés n'étaient pas à l'époque rejetés dans quelque fosse commune et anonyme, comme on le croyait au début du XXe siècle. Le crucifié découvert dans l'ossuaire de Giv'at ha-Mivtar garde son identité familiale. Une pierre obstruait l'entrée du tombeau.

Chapitre VII

AU MATIN DE PÂQUES

Jésus est-il ressuscité ? Ou, pour reprendre l'ancien langage judéo-chrétien, Dieu l'a-t-il ressuscité ? (Rm 10, 9 ; Ac 2, 24. 32 ; 3, 26). L'historien, dans le champ de sa spécialité, ne peut évidemment ni l'affirmer ni l'infirmer. Une réponse positive formulée dans la foi ou une réponse négative, dans l'incroyance, ne relèvent pas de la science historique, et cela, même si le croyant ajoute qu'un tel événement entre de quelque manière dans le champ de l'histoire humaine. L'historien n'en demeure pas moins dans son rôle spécifique, lorsqu'il détecte les nombreux échos de cette foi en la Résurrection dès le départ du christianisme. La situation est alors curieuse. Autant le récit de la Passion se ramasse dans l'unité relative des quatre recensions évangéliques, autant la proclamation chrétienne de la Résurrection s'opère presque dans l'anarchie de nombreux témoignages qui volent en tout sens. A quelques points convergents près, d'importance majeure il est vrai, les récits de résurrection se multiplient, diffèrent entre eux et s'entrechoquent mutuellement, sans qu'il soit possible d'en établir la séquence. La première affirmation de la résurrection explose de multiples manières, sous des mots divers, dans une constellation de récits difficiles à harmoniser entre eux. De prime abord, devant une telle diversité il semblerait délicat de tirer quelques conclusions historiques, tant on est loin d'une suite unifiée des événements du matin de Pâques, chronologiquement relevée. Et en même temps, du point de vue historique encore, il est plus important d'avoir un écho kaléidoscopique des premières expériences pascales que de dépendre d'une seule et unique source littéraire, continuellement répétée. Par ailleurs, ce qui frappe l'historien est justement ce tumulte de la parole, suscité par ce que les croyants désignent comme la résurrection de leur maître et Seigneur. Tant les grands moments de l'histoire se manifestent souvent par un déferlement de paroles : ainsi, aux VIIe-VIe siècles avec les Prophètes d'Israël, et au Ier siècle, lors de ce déchirement intérieur du Judaïsme qui provoquera le christianisme. Les révolutions éclatent d'abord dans la parole.

Cela dit, les évangélistes se sont bien gardés de nous raconter l'événement même de la Résurrection, disons, à la sortie du tombeau. Certes, l'auteur apocryphe de l'*Évangile de Pierre,* rédigé au IIe siècle, a tenté une telle description, mais nullement les premiers témoins de la foi et les évangélistes à leur suite. Même Matthieu l'évite, tout en signalant la présence fulgurante de l'ange du Seigneur (Mt 28, 2 s). La conviction évangélique est nette : on peut viser et confesser Jésus toujours vivant, mais sans jamais le saisir et entièrement le décrire. Un peu, comme ces disciples d'Emmaüs du jour de Pâques, devant lesquels Jésus s'efface dès qu'ils le reconnaissent (Lc 24, 31). C'est dire le rôle de l'exégète en la circonstance. Il s'attache à recueillir l'écho multiforme de ces premières confessions de foi, sans nullement en arriver à de soi-disant démonstrations qui prouveraient l'authenticité historique du fait résurrectionnel, saisi à l'aurore du jour de Pâques.

L'événement même de la Résurrection ne peut donc être que désigné à la suite de ceux qui en témoignent, et non pas photographié ou prouvé. Ce qui n'empêche pas les témoignages de converger vers la même expérience fondamentale des premiers croyants, à travers des mots parfois divergents entre eux : selon la conviction chrétienne, Jésus est toujours vivant, présent et encore attendu. Non pas vivant dans le seul souvenir de ceux qui l'aimaient. Mais, vivant d'une vie nouvelle, de par un geste de Dieu à son endroit. A nouveau, il s'agit là d'une assertion de foi, mais l'historien du Iᵉʳ siècle ne comprendrait rien aux textes chrétiens, s'il oubliait cette conviction qui constitue l'initiale des premières formulations chrétiennes. Comment les premiers croyants parlaient-ils donc du Ressuscité ?

L'événement est situé dans l'histoire « après trois jours » suivant la crucifixion (Mc 8, 31 ; 1 Co 15, 4). L'indication peut surprendre, car elle ne correspond guère à nos manières de compter les jours. A l'époque, une fraction de jour compte pour un jour entier ; d'où les trois jours, du vendredi après-midi à la nuit du samedi au dimanche qui marque le début d'une semaine nouvelle. Le dimanche est alors appelé le « huitième jour » ou le « premier jour de la semaine » (Jn 20, 1.26) – le sabbat, ou septième jour, s'achève à la première étoile de notre samedi et termine la semaine. C'est le jour d'un nouveau départ. Par ailleurs, le motif des trois jours est connu dans l'Écriture pour signifier le temps bref, nécessaire et suffisant, permettant en quelque sorte à Dieu de poser un geste de salut. Le motif s'attache déjà à celui de la résurrection des morts, du moins dans la version grecque du livre biblique d'Osée : « au troisième jour, nous serons ressuscités » (*Osée* 6, 1-2). Il s'applique mieux encore à la résurrection de Jésus.

Nous venons d'employer le mot résurrection. Encore faut-il en préciser le sens et dire l'étendue de son usage dans les premières traditions chrétiennes. Dans le monde juif, le mot désigne d'abord la résurrection générale des morts survenant après le cataclysme des derniers temps. Mais tous les Juifs d'alors n'acceptaient pas cette doctrine, orchestrée surtout depuis le IIᵉ siècle avant J.-C. (*Daniel* 12, 2 s ; *2 Maccabées* 7, 9). Au Iᵉʳ siècle de notre ère, les scribes pharisiens et les esséniens l'acceptaient, mais non pas les prêtres et les notables dits sadducéens. Dans la ligne pharisienne Jésus et les siens reprendront le motif (Mc 12, 26 ; Ac 4, 1 s). Puis, Paul, le pharisien (Ph 3, 5), et les évangélistes l'appliqueront au cas particulier de Jésus. Avec deux particularités.

D'abord, il ne s'agit plus d'un simple retour à la vie, telle une réanimation à la manière de Lazare suivant le récit de Jean (Jn 11). Le mot s'alourdit d'une connotation plus forte, celle d'une éminente participation à la vie même de Dieu, dans un être maintenant irradié par l'Esprit de Dieu (1 Co 15, 42-45). Ce qui n'empêche pas le Ressuscité de se manifester concrètement à ceux qui croient en lui, des premiers témoins jusqu'à Paul (15, 3-9). Ensuite, selon la conviction pharisienne et essénienne encore, la résurrection des morts devait survenir seulement après la fin du monde, lorsque Dieu rétribuera chacun selon ses œuvres. Or, on assiste dans le premier milieu chrétien à une sorte de perturbation de la conception du temps, où les temps de la fin sont déjà là en Christ, au moins dans leur racine première. Une résurrection, celle de Jésus, a déjà eu lieu avant la résurrection finale. La fin des temps est déjà commencée avec lui. En sorte qu'il est désigné comme le messie déjà venu et celui qui est toujours attendu, lors de sa *Parousie*, c'est-à-dire lors de sa glorieuse visite au terme de l'histoire. Dès lors, la vie chrétienne s'inscrit entre le *déjà-là* d'un messie crucifié, maintenant ressuscité, et le *pas-encore* de sa venue eschatologique.

Assez étonnamment, les premières formulations judéochrétiennes insistaient d'abord sur cette dimension d'espérance. Le syntagme araméen *Marana Tha* achevait les premières assemblées, au cœur du repas communautaire chrétien, avec le sens de : « Notre Maître (ou *Seigneur*), Viens ! », comme il est dit en 1 Co 16, 22, repris en grec dans l'Apocalypse : « Viens, Seigneur Jésus » (22, 20). L'accent porte alors sur l'impératif « Viens ! », dans un appel au secours qui se veut immédiat, tant on n'imagine guère quelque délai de la Parousie, à savoir un temps intérimaire entre la confession pascale et la venue finale de Jésus. Il faudra du temps avant que les chrétiens prennent conscience d'un temps donné à l'Église (2 P 3, 4 s). Auparavant, en l'an 51 encore, l'accent portait toujours sur le motif d'une espérance prochaine « pour attendre des cieux son Fils qu'il a ressuscité des morts » (1 Th 1, 10 ; 4, 13-17).

Mais revenons au motif de la Résurrection. Paul insiste sur ce point précis à l'encontre de certains judéo-chrétiens qui récusaient son autorité apostolique : « Ne suis-je pas apôtre ? N'ai-je pas vu Jésus, notre Seigneur ? » (1 Co 9, 1). Dans cette même lettre, datant de l'an 54 environ, il rappelle en ces termes la tradition reçue des premiers croyants : « Je vous ai transmis en premier lieu ce que j'ai moi-même reçu : Christ est mort pour nos péchés, selon les Écritures. Il a été enseveli, il est ressuscité le troisième jour, selon les Écritures. Il s'est fait voir à Képhas *(Pierre)*, puis aux Douze. Ensuite il s'est fait voir à plus de cinq cents frères ; la plupart sont encore vivants et quelques-uns sont morts. Ensuite, il s'est fait voir à Jacques *(le frère du Seigneur)*, puis à tous les apôtres. En dernier lieu, il s'est fait voir à moi (Paul), l'enfant posthume » (1 Co 15, 3-8). On relèvera ici les deux listes conjointes. Apparemment il s'agit, d'une part, des témoins qui suivaient déjà Jésus avant sa mort, tel Pierre et le groupe des Douze dont Pierre était le premier membre (Mc 3, 16-19), et, d'autre part, des témoins qui l'ont rejoint après Pâques, tel Jacques, le frère de Jésus, devenu le dirigeant des judéo-chrétiens de Jérusalem (Ga 2, 9 ; Ac 15, 13 ss). Jacques est accompagné des apôtres, ici distingués du groupe des Douze. Mais on remarquera surtout l'insistance mise sur la rencontre avec le Ressuscité, celui qui s'est fait voir aux siens et que l'on a clairement vu. On relèvera le caractère concret de cette rencontre, sans pour autant préciser les modalités d'une telle expérience du Ressuscité. Comme dans les récits évangéliques rapportant les apparitions de Jésus aux siens (Mt 28, 16-20 ; Lc 24, 36-49 ; Jn 20, 11 à 21, 25), seuls des croyants peuvent voir et reconnaître leur Seigneur. Les disciples d'Emmaüs l'ont d'abord côtoyé sur le chemin, mais sans le voir dans sa réalité nouvelle (Lc 24, 13-35). Ce qui veut dire que de telles expériences du Ressuscité entrent et n'entrent pas, à la fois, dans le champ de l'histoire humaine. Elles le dépassent. Les autres récits d'apparition à Pierre, aux Douze et à d'autres encore sont du même type, en sorte que l'historien enregistre ces témoignages, sans jamais pouvoir en restituer la photographie. Pour un croyant du moins, la foi en la Résurrection touche l'histoire de Jésus et sa propre histoire aussi. Il n'en tire pas pour autant la conclusion que l'investigation historique en arriverait à prouver la foi. Tout en s'appuyant sur l'histoire, la foi relève d'un autre ordre. Enfin, on relèvera combien les femmes sont présentes dans ces récits de résurrection (Mc 16, 1-8 ; Lc 24, 2 s), comme si leur témoignage portait à conséquence. Ce qui à l'époque paraissait inimaginable.

Cela dit, nous venons jusque-là d'utiliser constamment le verbe *voir* et le mot *résurrection*. En fait, la situation est un peu plus complexe au départ des premières formulations pascales. En premier lieu, l'insistance mise plus haut sur la vision n'est apparemment pas reçue de tous les croyants d'alors, surtout dans un monde sémitique où la parole l'emporte sur la vision extérieure. L'écoute de la parole dépasse le regard en importance, alors que dans le monde hellénistique la vue l'emporte plutôt sur l'ouïe. On soulignera ici que l'évangile de Marc n'a pas de récit de vision du Ressuscité (Mc 16, 9-20 constitue une glose du IIᵉ siècle de notre ère). Chez lui, l'accent porte sur le « tombeau ouvert », non pas tellement comme le lieu vérificateur de l'événement résurrectionnel (donc, en tant qu'il est vide), mais comme le point d'appui d'un message délivré par Dieu lui-même (en tant qu'il donne à parler) : « Vous cherchez Jésus de Nazareth, le crucifié : il est ressuscité, il n'est plus ici » (Mc 16, 6). Suivant un langage imagé à la manière biblique, l'ange de Marc (16, 5) donne en quelque sorte ses lèvres à Dieu pour le dévoilement de la réalité nouvelle. Chez cet évangéliste, c'est Dieu lui-même qui livre l'identité de son Fils (Mc 1, 11 et 9, 7), et c'est Lui qui en déclare la résurrection.

En second lieu, le vocabulaire de résurrection a particulièrement été mis en relief par Paul et les évangélistes ensuite. Mais là encore, la situation est complexe, non point dans la conviction fondamentale mais dans la manière de l'exprimer. Le mot *résurrection*, qui connote toujours dans le monde ancien celui d'une « résurrection d'entre les morts», n'est pas l'unique expression servant à traduire la première expérience pascale. D'autres diront plus facilement, en utilisant alors le «passif divin» qui évite de prononcer le mot Dieu: Jésus est toujours *vivant* (Lc24,5.23; Jn 1,4). Il *est monté aux cieux,* à l'exemple de ces *montés aux cieux* dont s'entretenait l'ancienne tradition juive à partir des récits d'enlèvement aux cieux des prophètes Hénoch (*Genèse* 5, 18-24), Élie (*2 Rois* 2, 11) et Esdras (*IV Esdras* 14, 9 s). Il a été *élevé par la droite de Dieu,* c'est-à-dire par la force divine (Ac2, 33; 5, 31). Il est exalté, *surélevé,* comme le chante l'ancienne hymne judéo-chrétienne, reprise par Paul dans Ph2, 6-11. Il est *debout* (Ac7, 55-56) ou *assis à la droite de Dieu,* c'est-à-dire à égalité avec Lui (Col 3, 1; Hé 1, 3). Par la suite, Luc coordonnera ces divers langages dans la séquence visuelle des récits de Pâques et de l'Ascension. En bref, sans toujours reprendre un vocabulaire de résurrection, des traditions judéo-chrétiennes cherchaient plutôt à s'exprimer dans un langage de «montée» et de «descente» (Rm 10, 6-7; Ép4, 9-10 et Jn 3, 13: «Nul n'est monté au ciel hormis celui qui est descendu du ciel»), à la manière juive et hellénistique de l'époque.

L'insistance de Paul et des évangélistes sur le motif directement résurrectionnel n'en devient que plus étonnante. L'enjeu en était considérable, alors même que d'autres judéo-chrétiens auraient été plutôt portés à ne pas trop insister sur le motif de la mort de Jésus, sans évidemment l'ignorer. Comment annoncer la Bonne Nouvelle d'un Messie, dont on commençait par dire qu'il était mort, crucifié comme un esclave? Car le vocabulaire de résurrection (des morts) ne pouvait pas ne pas évoquer directement cette mort scandaleuse. Alors Paul d'insister à fond sur ce vocabulaire pour mieux enfoncer encore la différence entre Jésus et les autres seigneurs et divinités du monde hellénistique: le Seigneur des chrétiens est un crucifié. A l'encontre de certains qui voulaient passer un peu vite sur le point, il insiste en disant aux Corinthiens: «Je n'ai rien voulu savoir parmi vous, sinon Jésus Christ, et (Jésus) crucifié» (1 Co 2, 2). On n'invente pas un crucifié.

La mort de Jésus n'est pas une apparence. Elle est bien réelle, et elle perdure d'une certaine manière jusque dans sa résurrection, car le Ressuscité demeure toujours un crucifié. Pour souligner le réalisme de cette mort, la première tradition chrétienne insistait déjà sur le motif de son ensevelissement («il a été enseveli» 1 Co 15, 4). Ou encore, dans un autre langage emprunté à la mythique juive: «il est descendu aux enfers» (cf. Rm 10, 7), en donnant au mot «enfers» le sens de mort, et non pas celui de «géhenne» désignant le lieu du tourment eschatologique.

Relevons plus précisément encore l'objection majeure à laquelle se heurtaient les premiers croyants dans le monde juif qui restait le leur. Comment un crucifié peut-il être déclaré Christ (Messie) et Seigneur? Dieu n'a-t-il pas dit: «Maudit soit quiconque pend au gibet» (*Deutéronome* 21, 23)? Comment en arriver au contraire de ce que déclaraient les Écritures? La croix n'est-elle pas «scandale pour les Juifs et folie pour les païens» (1 Co 1, 23)? Alors Paul de se débattre en Ga 3, 13, pour transformer cette malédiction divine en bénédiction de salut. D'une certaine manière, dans le monde hellénistique ce n'était pas tellement l'affirmation de la divinité de Jésus qui faisait problème – les dieux ne manquaient pas, et un de plus aurait été le bienvenu –, mais l'assertion scandaleuse consistant à désigner un crucifié en l'occurrence. Sur ce point comme sur bien d'autres, Paul et la première génération chrétienne, à la suite même de Jésus, opèrent un singulier retournement des valeurs, où ce qu'il y a de plus faible et méprisable l'emporte désormais sur les gloires apparentes de ce monde. Ce retournement historique est à la base de la pensée et de la pratique chrétiennes, ou du moins devrait l'être. Il s'exprime, entre autres, dans une ancienne hymne judéo-chrétienne, reprise et aménagée ensuite par Paul: «Lui (Jésus) qui appartient à la réalité divine n'a pas considéré comme une proie à saisir d'être à l'égal de Dieu; au contraire, il s'est lui-même vidé, assumant (en lui) la réalité de l'esclave en devenant semblable aux hommes; puis, en son aspect découvert comme un homme, il s'abaissa lui-même, en devenant obéissant jusqu'à la mort, et la mort de la croix. C'est pourquoi donc Dieu l'a surélevé et lui a donné le nom au-dessus de tout nom, afin qu'au nom de Jésus tout genou fléchisse, des êtres célestes aux êtres terrestres et souterrains, et que toute langue confesse que (le) Seigneur, c'est Jésus Christ pour la gloire» (Ph 2, 6-11).

Une telle hymne liturgique est importante, à un double titre. Elle confesse hautement la foi en ce que nous appelons aujourd'hui la divinité de Jésus, mais sans jamais la dissocier du motif de la croix. Ensuite, elle rappelle l'importance des premières assemblées chrétiennes autour d'une table. Précisons quelque peu. Ce repas est appelé «le souper du Seigneur» par Paul dans 1 Co 11, 20 (nous disons actuellement la Messe ou la Cène). Or, dès le départ, un tel rassemblement communautaire associait ce repas à la proclamation de la parole nouvelle. Le repas pris en son entier, avec le pain en son départ et la coupe de vin en finale (11, 24-25), demeurait le lieu éminent de la parole du salut, de la Bonne Nouvelle de la Résurrection. Ou plus exactement, comme le déclare Paul, «Toutes les fois que vous mangez ce pain et que vous buvez cette coupe, vous annoncez la mort du Seigneur, jusqu'à ce qu'il vienne » (11, 26). Jésus n'est pas un seigneur à la manière hellénistique dont on chante la présence à la manière des autres soi-disant dieux. Il est le Seigneur dont on ne peut célébrer authentiquement la présence qu'en rappelant continûment sa mort sur la croix et qu'en se situant en voyageur de l'espérance. L'hymne aux Philippiens, évoquée à l'instant, porte l'écho de cette jubilation communautaire à l'endroit d'un Seigneur qui demeure toujours le crucifié. Plus tard, vers 111-113, Pline le Jeune signale que les chrétiens «chantent une hymne au Christ comme à un dieu» (Ép 10, § 96).

L'évocation du repas communautaire chrétien peut, de prime abord, sembler étrangère à l'objet de ce livre sur l'histoire de Jésus. En fait, elle est essentielle, car c'est surtout dans ce contexte liturgique particulier que va resurgir la mémoire des paroles et des gestes de Jésus. Les premiers témoins, les apôtres et les «prophètes chrétiens» (au sens de porte-parole du Ressuscité) vont répercuter le souvenir de ses paroles et de ses actions. Non point pour «faire de l'histoire», mais avec la conviction que le Seigneur, toujours vivant, continue au long des temps de rassembler les siens et de leur parler par l'entremise de ces témoins. En dehors des quelques éléments tirés d'une littérature extérieure (Josèphe ou Tacite), ce qui nous vient de Jésus provient en bonne partie de ce creuset liturgique, où sa parole et ses gestes sont mémorisés. C'est dire, au simple plan historique, l'importance de ce lieu communautaire, où dans la fidélité à la parole du Maître, les croyants entendent résonner une parole toujours nouvelle.

Or, au creux de cette parole, surgit une question que Jésus ne cesse d'adresser aux siens: «Et vous, qui dites-vous que je suis?» (Mc 8, 29). A la suite des apôtres, la réponse des croyants est claire, et en même temps elle demeure en suspens. Car il reste toujours à dire sur Jésus. L'affaire Jésus n'est pas close.

BIBLIOGRAPHIE

Introduction : *Les figures de Jésus au cours des temps :* B. Plongeron, *Théologie et politique au siècle des Lumières, 1770-1820,* Genève, 1973 ; D. Menozzi, *Les interprétations politiques de Jésus de l'Ancien Régime à la Révolution*, Paris, Cerf, 1983 ; J. Trinquet, Les vies de Jésus, dans l'*Encyclopédie Catholicisme,* t. VI, col. 793-800, Paris, Letouzey & Ané, 1967.

Chapitre I. *Sources et méthodes :*

Édition critique : K. Aland *et al.*, *The Greek New Testament,* United Bible Societies, 1978.

Traductions : *La Bible de Jérusalem* (École biblique de Jérusalem), Cerf, 1972 ; *La Bible* (Osty, E. et Trinquet, A.), Paris, Seuil, 1973 ; *Traduction œcuménique de la Bible (TOB)*, Cerf, 1988.

Dictionnaire : X. Léon-Dufour, *Dictionnaire du Nouveau Testament,* Seuil, 1975.

Ouvrages d'initiation : P.-M. Beaude, *Jésus de Nazareth*, Paris, Desclée, 1983 ; M. Quesnel, *L'histoire des Évangiles*, Cerf, 1987 ; E. Charpentier, *Pour lire le Nouveau Testament* (12ᵉ éd.), Cerf, 1994 ; X. Léon-Dufour, L'annonce de l'Évangile, dans A. George, P. Grelot (éd.), *Introduction à la Bible*, édit. nouv., vol. 2, Desclée, 1976.

Archéologie : Revue *Le Monde de la Bible,* n° 1-87 s, Paris, Bayard Presse, 1972 s.

Le Judaïsme ancien : M. Simon et A. Benoit, *Le judaïsme et le christianisme antique* (2ᵉ éd.), Paris, PUF, 1985 ; A. Paul, *Le monde des Juifs à l'heure de Jésus. Histoire politique,* Desclée, 1981 ; C. Saulnier, *Histoire d'Israël*, vol. III, Cerf, 1985 ; P. Grelot, *L'espérance juive à l'heure de Jésus* (2ᵉ éd.), Desclée, 1994.

Études littéraires et historiques : R. Bultmann, *Jésus* (trad. franç.), Seuil, 1968 ; *L'histoire de la tradition synoptique* (trad. franç.), Seuil, 1971 ; X. Léon-Dufour, *Les évangiles et l'histoire de Jésus*, Seuil, 1963 ; J. P. Meier, *A Marginal Jew*, I, New York, 1991 ; C. Perrot, *Jésus et l'histoire* (2ᵉ éd.), Desclée, 1993 ; J. Potin, *Jésus, l'histoire vraie*, Paris, Centurion, 1994.

Commentaires des évangiles dans les collections : *Cahiers Évangiles*, vol. 1-98-s, Cerf, 1973-1997 s ; *Petite Bibliothèque des Sciences bibliques,* Desclée, 1981-1997 s. D'autres ouvrages plus spécialisés sont publiés au Cerf (coll. « Lectio Divina »), chez Gabalda à Paris *(Études bibliques)* et chez Delachaux & Niestlé à Lausanne.

Chapitre II. *Les commencements :* C. Perrot, *Les récits de l'enfance de Jésus,* dans Cahiers Évangiles 18, Cerf, 1976 ; S. Légasse, *Naissance du baptême*, Paris, Cerf, 1993.

Chapitre III. *Une parole nouvelle :* F. Vouga, *Jésus et la Loi selon la tradition synoptique,* Genève, 1988 ; J. Schlosser, *Le Dieu de Jésus*, Cerf, 1987.

Chapitre IV. *Des gestes libérateurs :* X. Léon-Dufour (éd.), *Les miracles de Jésus,* Seuil, 1977 ; C. Perrot, J.-L. Souletie et X. Thévenot, *Les miracles tout simplement*, Paris, Les Éditions de l'Atelier, 1995.

Chapitre V. *A la recherche de son identité :* O. Cullmann, *Christologie du Nouveau Testament*, Neuchâtel, 1968 ; C. Perrot, *Jésus, Christ et Seigneur des premiers chrétiens,* Desclée, 1997.

Chapitre VI. *La Croix :* H. Cousin, *Le Prophète assassiné. Histoire des textes évangéliques de la Passion,* Paris, 1976 ; M. Hengel, *La Crucifixion dans l'Antiquité et la folie du message de la Croix*, Cerf, 1981 ; J. Humbert, *Le Procès de Jésus,* Paris, PUF, « Que sais-je ? », 2e éd., 1984 ; S. Légasse, *Le procès de Jésus*, I-II, Cerf, 1994-1995.

Chapitre VII. *Au matin de Pâques :* X. Léon-Dufour, *Résurrection de Jésus et message pascal* (2e éd.), Seuil, 1972 ; B. Rigaux, *Dieu l'a ressuscité*, Gembloux, Duculot, 1973.

BIBLIOGRAPHIE THÉMATIQUE « QUE SAIS-JE ? »

Le procès de Jésus, n° 1896
La foi catholique, n° 2050
Histoire du catholicisme, n° 365
Histoire du protestantisme, n° 427
Le Nouveau Testament, n° 1231
La Réforme, n° 1376
La théologie catholique, n° 1269

TABLE DES MATIÈRES

Introduction 3

Sigles des livres bibliques et liste des éditions des anciens auteurs 9

Chapitre I — **Sources et méthodes** 11

I. Les lieux actuels du renouveau exégétique, 12 : Les manuscrits du Nouveau Testament, 12 ; Les découvertes de Qumrân, 13 ; Les découvertes de Nag Hammadi, 17 ; Les écrits du Judaïsme ancien, 19 ; Les fouilles archéologiques, 20 ; Les témoignages extérieurs concernant Jésus, 20 ; Une analyse littéraire affinée, 23 — II. Repères chronologiques, 27 — III. La datation des écrits et la chronologie de Jésus, 29 — IV. Les méthodes d'investigation, 32.

Chapitre II — **Les commencements** 35

I. Les récits d'enfance, 35 — II. Jean le Baptiste et Jésus, 38.

Chapitre III — **Une parole nouvelle** 52

Chapitre IV — **Des gestes libérateurs** 62

I. Le miracle selon les Écritures, 64 — II. L'action libératrice de Jésus, 67.

Chapitre V — **A la recherche de son identité** 78

Les titres christologiques, 81.

Chapitre VI — **La Croix** 89

I. Remarques préalables, 89 — II. Quelques conclusions littéraires et historiques, 94 — III. Les événements, 102 : L'arrestation, 102 ; Durant la nuit, 104 ; La condamnation, 108 ; L'exécution, 111.

Chapitre VII — **Au matin de Pâques** 116

Bibliographie 126

Imprimé en France
Imprimerie des Presses Universitaires de France
73, avenue Ronsard, 41100 Vendôme
Janvier 2000 — N° 46 968